CB139246

MULHERES

EDUARDO
GALEANO

MULHERES

Tradução de Eric Nepomuceno *e* Sergio Faraco

L&PM
EDITORES

A L&PM Editores agradece à Siglo Veintiuno Editores pela cessão das capas, que conferiram uma identidade visual comum à obra de Eduardo Galeano, tanto na América como na Europa.

Texto de acordo com a nova ortografia.
Título original: *Mujeres*

1ª edição: inverno de 2015
Esta reimpressão: junho de 2023

Projeto gráfico: Eduardo Galeano
Capa: Eugenia Lardiés
Tradução: Eric Nepomuceno
Tradução dos textos de De pernas pro ar: Sergio Faraco
Revisão: L&PM Editores

CIP-Brasil. Catalogação na publicação
Sindicato Nacional dos Editores de Livros, RJ

G15m

Galeano, Eduardo, 1940-2015
Mulheres / Eduardo Galeano; tradução Eric Nepomuceno e Sergio Faraco. – Porto Alegre, RS: L&PM, 2023.
240 p. ; 21 cm.

Tradução de: *Mujeres*
ISBN 978-85-254-3271-1

1. Crônica uruguaia. I. Nepomuceno, Eric, 1948-. II. Faraco, Sergio, 1940-. III. Título.

15-23503 CDD: 868.993958
CDU: 821.134.2(899)-8

© Eduardo Galeano, 2015

Todos os direitos desta edição reservados a L&PM EDITORES
Rua Comendador Coruja, 314, loja 9 – Floresta – 90.220-180
Porto Alegre – RS – Brasil / Fone: 51.3225.5777

Pedidos & Depto. Comercial: vendas@lpm.com.br
Fale conosco: info@lpm.com.br
www.lpm.com.br

Impresso no Brasil
Inverno de 2023

Léolo, o personagem do belíssimo filme de Jean-Claude Lauzon, cercado pela loucura e pelo horror, repetia:

Porque eu sonho, não estou louco,
porque eu sonho, eu não sou...

Galeano compartilha conosco um mundo louco, mas cheio de dignidade e sonhos.

Esta seleção deveria ser feita, então, por meio do sonho e da poesia.

Cada mulher representa todas as mulheres. Todas elas nos salvam da loucura.

Porque Galeano escreve, eu sonho,
porque sonho, eu não sou...

Sherazade

Para se vingar de uma, que o havia traído, o rei degolava todas.

No crepúsculo se casava, na alvorada enviuvava.

Uma atrás da outra, as virgens perdiam a virgindade e a cabeça.

Sherazade foi a única que sobreviveu à primeira noite, e depois continuou trocando uma história por cada novo dia de vida.

Essas histórias, por ela escutadas, lidas ou imaginadas, a salvavam da decapitação. As dizia em voz baixa, na penumbra do quarto, sem outra luz que a da lua. Dizendo essas histórias sentia prazer, e dava prazer, mas tomava muito cuidado. Às vezes, em pleno relato, sentia que o rei estava examinando seu pescoço.

Se o rei se aborrecesse, estava perdida.

Do medo de morrer nasceu a maestria de narrar.

Fundação do romance moderno

Há mil anos, duas mulheres japonesas escreveram como se fosse agora.

De acordo com Jorge Luis Borges e Marguerite Yourcenar, ninguém nunca escreveu um romance melhor do que *A história de Genji*, de Murasaki Shikibu, magistral recriação de aventuras masculinas e humilhações femininas.

Outra japonesa, Sei Shônagon, compartilhou com Murasaki a rara honra de ser elogiada um milênio mais tarde. Seu *Livro do travesseiro* deu nascimento ao gênero *zuihitsu*, que significa literalmente *ao correr do pincel*. Era um mosaico multicor, feito de breves relatos, anotações, reflexões, notícias, poemas: esses fragmentos, que parecem dispersos mas são diversos, nos convidam a penetrar naquele lugar e naquele tempo.

A paixão de dizer (1)

Marcela esteve nas neves do Norte. Em Oslo, uma noite, conheceu uma mulher que canta e conta. Entre canção e canção, essa mulher conta boas histórias, e as conta espiando papeizinhos, como quem lê a sorte de soslaio.

Essa mulher de Oslo veste uma saia imensa, toda cheia de bolsinhos. Dos bolsos vai tirando papeizinhos, um por um, e em cada papelzinho há uma boa história para ser contada, uma história de fundação e fundamento, e em cada história há gente que quer tornar a viver por arte de bruxaria. E assim ela vai ressuscitando os esquecidos e os mortos; e das profundidades desta saia vão brotando as andanças e os amores do bicho humano, que vai vivendo, que dizendo vai.

Tituba

Na América do Sul tinha sido caçada, lá na infância, e tinha sido vendida uma vez e outra e outra, e de dono em dono tinha ido parar na vila de Salem, na América do Norte.

Lá, naquele santuário puritano, a escrava Tituba servia na casa do reverendo Samuel Parris.

As filhas do reverendo a adoravam. Elas sonhavam acordadas quando Tituba contava contos de fantasmas ou lia os seus futuros numa clara de ovo. E no inverno de 1692, quando as meninas foram possuídas por Satã e se reviraram e uivaram, só Tituba conseguiu acalmá-las, e as acariciou e sussurrou contos para elas até que adormeceram em seu regaço.

Isso a condenou: era ela quem havia metido o inferno no virtuoso reino dos eleitos de Deus.

E a maga conta-contos foi atada ao cadafalso, em praça pública, e confessou.

Foi acusada de cozinhar bolos com receitas diabólicas e a açoitaram até que disse que sim.

Foi acusada de dançar nua nos festins das bruxas e a açoitaram até que disse que sim.

Foi acusada de dormir com Satanás e a açoitaram até que disse que sim.

E quando lhe disseram que suas cúmplices eram duas velhas que jamais iam à igreja, a acusada se transformou em acusadora e apontou com o dedo aquele par de endemoniadas e não foi mais açoitada.

E depois outras acusadas acusaram.

E a forca não parou de trabalhar.

As mulheres dos deuses

1939. São Salvador da Bahia

Ruth Landes, antropóloga norte-americana, vem ao Brasil. Quer conhecer a vida dos negros num país sem racismo. No Rio de Janeiro, é recebida pelo ministro Osvaldo Aranha. O ministro explica a ela que o governo se propõe a limpar a raça brasileira, suja de sangue negro, porque o sangue negro tem a culpa do atraso nacional.

Do Rio, Ruth viaja para a Bahia. Os negros são ampla maioria nesta cidade, onde outrora tiveram seu trono os vice-reis opulentos de açúcar e de escravos, e negro é tudo o que aqui vale a pena, da religião até a comida, passando pela música. E mesmo assim, na Bahia todo mundo acha, e os negros também, que a pele clara é prova de boa qualidade. Todo mundo, não: Ruth descobre o orgulho da negritude nas mulheres dos templos africanos.

Nesses templos são quase sempre mulheres, sacerdotisas negras, que recebem em seus corpos os deuses vindos da África. Resplandecentes e redondas como balas de canhão, oferecem aos deuses seus corpos amplos, que parecem casas onde dá prazer chegar e ficar. Nela entram os deuses, e nelas dançam. Das mãos das sacerdotisas possuídas o povo recebe ânimo e consolo; e de suas bocas escuta as vozes do destino.

As sacerdotisas negras da Bahia aceitam amantes, não maridos. O casamento dá prestígio, mas tira a liberdade e a alegria. Nenhuma se interessa em formalizar o casamento frente ao padre ou ao juiz: nenhuma quer ser esposada esposa, senhora fulano. Cabeça erguida, lânguido balançar: as sacerdotisas se movem como rainhas da Criação. Elas condenam seus homens ao incomparável tormento de sentir ciúmes dos deuses.

Janela sobre a palavra (4)

Magda Lemonnier recorta palavras nos jornais, palavras de todos os tamanhos, e as guarda em caixas. Numa caixa vermelha guarda as palavras furiosas. Numa verde, as palavras amantes. Em caixa azul, as neutras. Numa caixa amarela, as tristes. E numa caixa transparente guarda as palavras que têm magia.

Às vezes, ela abre e vira as caixas sobre a mesa, para que as palavras se misturem do jeito que quiserem. Então, as palavras contam para Magda o que acontece e anunciam o que acontecerá.

Profecias (1)

No Peru, a maga cobriu-me de rosas vermelhas e depois leu a minha sorte. A maga anunciou:

– Dentro de um mês, receberás uma distinção.

Eu ri. Ri pela infinita bondade da mulher desconhecida, que me presenteava com rosas e bons presságios, e ri por causa da palavra distinção, que tem um sei lá o quê de cômica, e porque me veio à cabeça um velho amigo do bairro, que era muito tosco mas muito certeiro, e que costumava dizer, sentenciando, levantando o dedo: "Cedo ou tarde, os escritores se hamburguesam". E então ri; e a maga riu da minha risada.

Um mês depois, exatamente um mês depois, recebi em Montevidéu um telegrama. No Chile, dizia o telegrama, tinham me *outorgado uma distinção.* Era o prêmio José Carrasco.

Vozes da noite

Neste amanhecer do ano 44 antes de Cristo, Calpúrnia despertou chorando.

Ela havia sonhado que o marido, crivado a punhaladas, agonizava em seus braços.

E Calpúrnia contou o sonho para o marido, e chorando rogou que ficasse em casa, porque lá fora o cemitério esperava por ele.

Mas o pontífice máximo, o ditador vitalício, o guerreiro divino, o deus invicto, não podia dar importância ao sonho de uma mulher.

Júlio César afastou-a com um empurrão, e rumo ao Senado de Roma caminhou sua morte.

A televisão

Rosa Maria Mateo, uma das figuras mais populares da televisão espanhola, me contou essa história.

Uma mulher tinha escrito uma carta para ela, de algum lugarzinho perdido, pedindo que por favor contasse a verdade:

– Quando eu olho para a senhora, a senhora está olhando para mim?

Rosa Maria me contou, e disse que não sabia o que responder.

A duas vozes

Tinham crescido juntos, o violão e Violeta Parra.

Quando um chamava, a outra ia.

O violão e ela riam, choravam, perguntavam, acreditavam.

O violão tinha um buraco no peito.

Ela também.

No dia de hoje de 1967, o violão chamou e Violeta não foi.

Não foi nunca mais.

Ela não esquece

Quem conhece e reconhece os atalhos da selva africana? Quem sabe evitar a perigosa vizinhança dos caçadores de marfim e outras feras inimigas?

Quem reconhece as pegadas próprias e alheias?

Quem guarda a memória de todas e de todos?

Quem emite esses sinais que nós, humanos, não sabemos escutar nem decifrar?

Esses sinais que alarmam ou ajudam ou ameaçam ou saúdam a mais de vinte quilômetros de distância?

É ela, a elefante maior. A mais velha, a mais sábia. A que caminha à cabeça da manada.

A arte de desenhar-te

Em algum leito do golfo de Corinto, uma mulher contempla, à luz do fogo, o perfil de seu amante adormecido.

Na parede, reflete-se a sombra.

O amante, que jaz ao seu lado, irá embora. Ao amanhecer irá para a guerra, irá para a morte. E também a sombra, sua companheira de viagem, irá com ele e com ele morrerá.

É noite ainda. A mulher recolhe um tição entre as brasas e desenha, na parede, o contorno da sombra.

Esses traços não irão embora.

Não a abraçarão, e ela sabe. Mas não irão embora.

O mundo encolhe

Hoje é o dia das línguas maternas.

A cada duas semanas, morre um idioma.

O mundo diminui quando perde seus humanos dizeres, da mesma forma que encolhe quando perde a diversidade de suas plantas e bichos.

Em 1974, morreu Ângela Loij, uma das últimas indígenas onas da Terra do Fogo, lá no fim do mundo; e a última que falava a sua língua.

Ângela cantava sozinha, cantava para ninguém, nessa língua que ninguém mais lembrava:

Vou andando pelas pegadas
daqueles que já se foram.
Estou perdida.

Nos tempos idos, os onas adoravam vários deuses. O deus supremo se chamava Pemaulk.

Pemaulk significa *Palavra.*

A dama que atravessou três séculos

Alice nasceu escrava, em 1686, e escrava viveu cento e dezesseis anos.

Quando morreu, em 1802, morreu com ela uma parte da memória dos africanos na América. Alice não sabia ler nem escrever, mas estava toda cheia de vozes que contavam e cantavam lendas vindas de longe e também histórias vividas de perto. Algumas dessas histórias vinham dos escravos que ela ajudava a fugir.

Aos noventa anos, ficou cega.

Aos cento e dois, recuperou a visão:

– Foi Deus – disse. – Ele não podia me falhar.

Era chamada de Alice do Ferry Dunks. Ao serviço de seu dono, trabalhava no ferry que levava e trazia passageiros pelo rio Delaware.

Quando os passageiros, sempre brancos, debochavam daquela velha velhíssima, ela os deixava abandonados na outra margem do rio. Eles a chamavam aos gritos, mas não tinha jeito. Era surda a que havia sido cega.

Dia dos povos indígenas

Rigoberta Menchú nasceu na Guatemala, quatro séculos e meio depois da conquista feita por Pedro de Alvarado e cinco anos depois da conquista feita por Dwight Eisenhower.

Em 1982, quando o Exército arrasou as montanhas maias, quase toda a família de Rigoberta foi exterminada, e a aldeia onde seu umbigo tinha sido enterrado para que surgisse milho foi apagada do mapa.

Dez anos mais tarde, ela recebeu o prêmio Nobel da Paz. E declarou:

– Recebo esse prêmio como uma homenagem ao povo maia, embora chegue com quinhentos anos de atraso.

Os maias são gente de paciência. Sobreviveram a cinco séculos de carnificina.

Eles sabem que o tempo, como a aranha, tece devagar.

Florence

Florence Nightingale, a enfermeira mais famosa do mundo, dedicou à Índia a maior parte de seus noventa anos de vida, embora nunca tenha podido viajar a esse país que amou.

Florence era uma enfermeira enferma. Tinha contraído uma doença incurável na Guerra da Crimeia. Mas de seu dormitório de Londres escreveu uma infinidade de artigos e cartas que quiseram revelar a realidade hindu diante da opinião pública britânica:

* Sobre a indiferença imperial diante das epidemias de fome:

> *Cinco vezes mais mortos que na guerra franco-prussiana. Ninguém fica sabendo. Não dizemos nada da fome em Orissa, quando um terço de sua população foi deliberadamente autorizada a embranquecer os campos com seus ossos.*

* Sobre a propriedade rural:

> *O tambor paga para ser golpeado. O camponês pobre paga por tudo o que faz, e por tudo o que o latifundiário não faz e faz com que o camponês pobre faça em seu lugar.*

* Sobre a justiça inglesa na Índia:

Nos dizem que o camponês pobre tem a justiça inglesa para defendê-lo. Não é bem assim. Nenhum homem tem o que não consegue usar.

* Sobre a paciência dos pobres:

As revoltas agrárias podem se transformar em algo normal em toda a Índia. Não temos nenhuma segurança de que todos esses milhões de hindus silenciosos e pacientes continuarão para sempre vivendo no silêncio e na paciência. Os mudos falarão e os surdos escutarão.

Louise

– Quero saber o que sabem – explicou ela.

Seus companheiros de desterro a advertiram que aqueles selvagens não sabiam outra coisa além de comer carne humana.

– Você não vai sair viva.

Mas Louise Michel aprendeu a língua dos nativos da Nova Caledônia e se meteu na selva e saiu viva.

Eles contaram a ela suas tristezas e perguntaram por que tinha sido mandada para lá:

– Você matou seu marido?

E ela contou a eles tudo sobre a Comuna.

– Ah – disseram eles. – Você é uma vencida. Como nós.

O perigo de publicar

No ano de 2004, o governo da Guatemala rompeu por uma vez a tradição de impunidade do poder, e reconheceu oficialmente que Myrna Mack havia sido assassinada por ordem da presidência do país.

Myrna havia cometido uma busca proibida. Apesar das ameaças, havia se metido nas selvas e nas montanhas onde perambulavam, exilados em seu próprio país, os indígenas que tinham sobrevivido às matanças militares. E havia recolhido suas vozes.

Em 1989, num congresso de ciências sociais, um antropólogo dos Estados Unidos havia se queixado da pressão das universidades que obrigavam a produzir continuamente:

– Em meu país – disse ele –, se você não publica, morre.

E Myrna disse:

– Em meu país, se você publica, morre.

Ela publicou.

Foi morta a punhaladas.

A festa que não houve

Os peões dos campos da Patagônia argentina tinham se rebelado numa greve, contra os salários curtíssimos e as jornadas longuíssimas, e o exército foi encarregado de restabelecer a ordem.

Fuzilar cansa. Nesta noite de 17 de fevereiro de 1922, os soldados, exaustos de tanto matar, foram ao prostíbulo do porto San Julián, atrás de sua merecida recompensa.

Mas as cinco mulheres que trabalhavam lá bateram a porta no nariz deles e puseram todos para correr ao grito de *assassinos, assassinos, fora daqui!*

Osvaldo Bayer guardou seus nomes. Elas se chamavam Consuelo García, Ângela Fortunato, Amália Rodríguez, Maria Juliache e Maud Foster.

As putas. As dignas.

Chorar

Foi na selva, na Amazônia equatoriana. Os índios shuar estavam chorando a avó moribunda.

Choravam sentados, na margem de sua agonia. Uma pessoa, vinda de outros mundos, perguntou:

– Por que choram na frente dela, se ela ainda está viva?

E os que choravam responderam:

– Para que ela saiba que gostamos muito dela.

As Mães da Praça de Maio

1977. Buenos Aires

As mães da Praça de Maio, mulheres paridas por seus filhos, são o coro grego desta tragédia. Segurando as fotos de seus desaparecidos, dão voltas e voltas na pirâmide, em frente à rosada casa de governo, com a mesma obstinação com a qual peregrinaram por quartéis e delegacias e sacristias, secas de tanto chorar, desesperadas de tanto esperar os que estavam e já não estão, ou talvez, continuem estando, quem sabe?

– Acordo e sinto que está vivo! – diz uma, dizem todas. – Vou-me esvaziando enquanto avança a manhã. Morre ao meio-dia. Ressuscita de tarde. Então torno a acreditar que chegará e de noite caio dormindo sem esperança. Acordo e sinto que está vivo...

São chamadas de *loucas*. Normalmente não se fala delas. Normalizada a situação, o dólar está barato e certa gente também. Os poetas loucos vão para a morte e os poetas normais beijam a espada e cometem elogios e silêncios. Com toda normalidade o ministro de Economia caça leões e girafas nas selvas africanas e os generais caçam trabalhadores nos subúrbios de

Buenos Aires. Novas normas de linguagem obrigam a imprensa a chamar a ditadura militar de Processo de Reorganização Nacional.

Celebração da amizade

Juan Gelman me contou que uma senhora brigou a guarda-chuvadas, numa avenida de Paris, contra uma brigada inteira de funcionários municipais. Os funcionários estavam caçando pombos quando ela emergiu de um incrível Ford bigode, um carro de museu, daqueles que funcionavam à manivela; e brandindo seu guarda-chuva, lançou-se ao ataque.

Agitando os braços abriu caminho, e seu guarda-chuva justiceiro arrebentou as redes onde os pombos tinham sido aprisionados. Então, enquanto os pombos fugiam em alvoroço branco, a senhora avançou a guarda-chuvadas contra os funcionários.

Os funcionários só atinaram em se proteger, como puderam, com os braços, e balbuciavam protestos que ela não ouvia: mais respeito, minha senhora, faça-me o favor, estamos trabalhando, são ordens superiores, senhora, por que não vai bater no prefeito?, senhora, que bicho picou a senhora?, esta mulher endoidou...

Quando a indignada senhora cansou o braço, e apoiou-se numa parede para tomar fôlego, os funcionários exigiram uma explicação.

Depois de um longo silêncio, ela disse:

– Meu filho morreu.

Os funcionários disseram que lamentavam muito, mas que eles não tinham culpa. Também disseram que naquela manhã tinham muito o que fazer, a senhora compreende...

– Meu filho morreu – repetiu ela.

E os funcionários: sim, claro, mas que eles estavam ganhando a vida, que existem milhões de pombos soltos por Paris, que os pombos são a ruína desta cidade...

– Cretinos – fulminou a senhora.

E longe dos funcionários, longe de tudo, disse:

– Meu filho morreu e se transformou em pombo.

Os funcionários calaram e ficaram pensando um tempão. Finalmente, apontando os pombos que andavam pelos céus e telhados e calçadas, propuseram:

– Senhora: por que não leva seu filho embora e deixa a gente trabalhar?

Ela ajeitou o chapéu preto:

– Ah!, não! De jeito nenhum!

Olhou através dos funcionários, como se fossem de vidro, e disse muito serena:

– Eu não sei qual dos pombos é meu filho. E se soubesse, também não ia levá-lo embora. Que direito tenho eu de separá-lo de seus amigos?

As intrusas perturbam uma tranquila digestão do corpo de Deus

1979. Madri

Numa grande igreja de Madri, com missa especial se celebra o aniversário da independência argentina. Diplomatas, empresários e militares foram convidados pelo general Leandro Anaya, embaixador da ditadura que lá longe está trabalhando para garantir a herança da pátria, da fé e das demais propriedades.

Belas luzes caem dos vitrais sobre os rostos e os vestuários das senhoras e dos senhores. Em domingos como este, Deus é digno de confiança. Muito de vez em quando alguma tossinha decora o silêncio enquanto o sacerdote vai cumprindo o ritual: imperturbável silêncio da eternidade, eternidade dos eleitos do Senhor.

Chega o momento da comunhão. Rodeado de guarda-costas, o embaixador argentino se aproxima do altar. Ajoelha-se, fecha os olhos, abre a boca. Mas já se desdobram os lenços brancos, já os lenços brancos estão cobrindo as cabeças das mulheres que avançam pela nave central e pelas naves laterais: as Mães da Praça de Maio caminham suavemente, algodoado tumor, até rodear os guarda-costas que rodeiam o embaixador. Então olham fixamente para ele. Simplesmente, olham com olhar fixo para ele. O embaixador abre os olhos, olha aquelas mulheres todas que estão olhando para ele sem piscar e engole saliva, enquanto se paralisa no ar a mão do sacerdote com a hóstia entre os dedos.

A igreja inteira está cheia delas. De repente no templo já não há santos nem mercadores, não há nada além de uma multidão de mulheres não convidadas, negras vestes, brancos lenços, todas caladas, todas de pé.

Mármore que respira

Afrodite foi a primeira mulher nua na história da escultura grega.

Praxíteles a talhou com a túnica caída aos seus pés, e a cidade de Cós exigiu que ele a vestisse. Mas outra cidade, Cnido, deu-lhe as boas-vindas e ofereceu um templo para ela; e em Cnido viveu a mais mulher das deusas, a mais deusa das mulheres.

Embora estivesse trancada e muito bem custodiada, os guardas não conseguiam evitar a invasão dos loucos por ela.

Num dia como o de hoje, farta de tanto acosso, Afrodite fugiu.

Charlotte

1909. Nova York

O que aconteceria se uma mulher despertasse uma manhã transformada em homem? E se a família não fosse o campo de treinamento onde o menino aprende a mandar e a menina a obedecer? E se houvesse creches? E se o marido participasse da limpeza e da cozinha? E se a inocência se fizesse dignidade? E se a razão e a emoção andassem de braços dados? E se os pregadores e os jornais dissessem a verdade? E se ninguém fosse propriedade de ninguém?

Charlotte Gilman delira. A imprensa norte-americana a ataca, chamando-a de *mãe desnaturada*; e mais ferozmente a atacam os fantasmas que moram em sua alma e a mordem por dentro. São eles, os temíveis inimigos que Charlotte contém, quem às vezes consegue derrubá-la. Mas ela cai e se levanta, e cai e novamente se levanta, e torna a se lançar pelo caminho. Esta tenaz caminhadora viaja sem descanso pelos Estados Unidos, e por escrito e por falado vai anunciando um mundo ao contrário.

Urraca

Foi a primeira rainha da Espanha.

Urraca governou durante dezessete anos; mas a história clerical diz que não foram mais do que quatro.

Divorciou-se do marido que lhe impuseram, farta de ofensas e pontapés, e expulsou-o do leito e do palácio; mas a história clerical diz que ele a repudiou.

Para que a Igreja ficasse sabendo quem mandava, e aprendesse a respeitar o trono feminino, a rainha Urraca trancou no cárcere o arcebispo de Santiago de Compostela, e arrebatou-lhe os castelos, coisa jamais vista em terras tão cristãs; mas a história clerical diz que tudo isso não passou de *uma explosão de seu ânimo mulheril, que rapidamente se desorbitava, e de sua mente cheia de pestífero veneno.*

Teve amores, namoros, amantes, e celebrou-os alegremente; mas a história clerical diz que foram *condutas que, só de relatar, ruborizariam.*

Teresa

Teresa de Ávila havia entrado no convento para se salvar do inferno conjugal. Mais valia ser escrava de Deus que serva de macho.

Mas são Paulo tinha outorgado três direitos às mulheres: obedecer, servir e calar. E o representante de Sua Santidade o Papa condenou Teresa por ser fêmea inquieta e andarilha, desobediente e contumaz, que a título de devoção inventa doutrinas más contra são Paulo, que mandou que as mulheres não ensinassem.

Teresa tinha fundado na Espanha vários conventos onde as monjas davam aula e tinham autoridade, e muito importava a virtude e nada a linhagem, e de nenhuma era exigida limpeza de sangue.

Em 1576, foi denunciada diante da Inquisição, porque seu avô dizia ser cristão velho, mas era judeu convertido, e porque seus transes místicos eram obra do Diabo metido em corpo de mulher.

Quatro séculos depois, Francisco Franco se apoderou do braço direito de Teresa, para se defender do Diabo em seu leito de agonia. Por uma dessas estranhas reviravoltas da vida, naquele momento Teresa já era santa e modelo da mulher ibérica e seus pedaços tinham sido enviados a várias igrejas da Espanha, exceto um pé que foi parar em Roma.

A avó

A avó de Bertha Jensen morreu amaldiçoando.

Ela tinha vivido a vida inteira na ponta dos pés, como se pedisse perdão por incomodar, consagrada ao serviço do marido e à sua prole de cinco filhos, esposa exemplar, mãe abnegada, silencioso exemplo de virtude: jamais uma queixa saíra de seus lábios, e muito menos um palavrão.

Quando a doença derrubou-a, chamou o marido, sentou-o na frente da cama, e começou. Ninguém suspeitava que ela conhecesse aquele vocabulário de marinheiro bêbado. A agonia foi longa. Durante mais de um mês, a avó, da cama, vomitou um incessante jorro de insultos e blasfêmias baixíssimas. Até a sua voz mudou. Ela, que nunca tinha fumado nem bebido outra coisa além de água ou leite, xingava com vozinha rouca. E assim, xingando, morreu; e foi um alívio geral na família e na vizinhança.

Morreu onde havia nascido, na aldeia de Dragor, na frente do mar, na Dinamarca. Chamava-se Inge. Tinha uma linda cara de cigana. Gostava de vestir-se de vermelho e de navegar ao sol.

Maria de la Cruz

1961. Havana

Pouco depois da invasão, o povo reúne-se na praça. Fidel anuncia que os prisioneiros serão trocados por remédios para crianças. Depois entrega diplomas a quarenta mil camponeses alfabetizados. Uma velha insiste em subir na tribuna, e tanto insiste que enfim sobe. Em vão move as mãos no ar, buscando o altíssimo microfone, até que Fidel o abaixa:

– Eu queria conhecê-lo, Fidel. Queria dizer-lhe...

– Cuidado, vou ficar vermelho...

Mas a velha, mil rugas, meia dúzia de ossinhos, criva-o de elogios e gratidões. Ela aprendeu a ler e a escrever aos cento e seis anos de idade. Chama-se Maria de la Cruz, por ter nascido no mesmo dia da invenção da Santa Cruz, com o sobrenome Semanat, porque Semanat se chamava a plantação de cana onde ela nasceu escrava, filha de escravos, neta de escravos. Naquele tempo os amos mandavam ao cepo os negros que queriam letras, explica Maria de la Cruz, porque os negros eram máquinas que funcionavam ao toque do sino e ao ritmo dos açoites, e por isso ela tinha demorado tanto em aprender.

Maria de la Cruz apodera-se da tribuna. Depois de falar, canta. Depois de cantar, dança. Faz mais de um século que desandou a dançar Maria de la Cruz. Dançando saiu do ventre da mãe e dançando atravessou a dor e o horror até chegar aqui, que era onde devia chegar, portanto agora não há quem a detenha.

Evita

1935. Buenos Aires

Parece outra magrinha a mais, pálida desbotada, nem feia nem linda, que usa roupa de segunda mão e repete sem chiar as rotinas da pobreza. Como todas, vive presa às novelas de rádio, aos domingos vai ao cinema e sonha ser Norma Shearer e todas as tardinhas, na estação do povoado, olha passar o trem que vai para Buenos Aires. Mas Eva Duarte está farta. Fez quinze anos e está farta: sobe no trem e se manda.

Esta garotinha não tem nada. Não tem pai nem dinheiro; não é dona de coisa alguma. Desde que nasceu no povoado de Los Toldos, filha de mãe solteira, foi condenada à humilhação, e agora é uma joana-ninguém entre os milhares de joões-ninguém que os trens despejam todos os dias em Buenos Aires, multidão de provincianos de cabelo grosso e pele morena, trabalhadores e domésticas que entram na boca da cidade e são por ela devorados: durante a semana Buenos Aires os mastiga e aos domingos os cospe aos pedaços.

Aos pés da grande babilônia, altas montanhas de cimento, Evita se paralisa. O pânico não a deixa fazer outra coisa a não ser amassar as mãos, vermelhas de frio, e chorar. Depois engole as lágrimas, aperta os dentes, agarra forte a mala de papelão e se afunda na cidade.

Alfonsina

1935. Buenos Aires

Na mulher que pensa, os ovários secam. Nasce a mulher para produzir leite e lágrimas, não ideias; e não para viver a vida e sim para espiá-la por trás da persiana. Mil vezes explicaram isso a ela e Alfonsina Storni não acreditou nunca. Seus versos mais difundidos protestam contra o macho enjaulador.

Quando há anos chegou a Buenos Aires vinda do interior, Alfonsina trazia uns velhos sapatos de saltos tortos e no ventre um filho sem pai legal. Nesta cidade trabalhou no que apareceu; e roubava formulários do telégrafo para escrever suas tristezas. Enquanto polia as palavras, verso a verso, noite a noite, cruzava os dedos e beijava as cartas do baralho que anunciavam viagens, heranças e amores.

O tempo passou, quase um quarto de século; e nada lhe foi dado pela sorte. Mas lutando com mão firme Alfonsina foi capaz de abrir caminho no mundo masculino. Sua cara de camundongo travesso nunca falta nas fotos que reúnem os escritores argentinos mais ilustres.

Este ano, no verão, soube que tinha câncer. Desde então escreve poemas que falam do abraço do mar e da casa que a espera lá no fundo, na avenida das madrepérolas.

Sukaina

Em algumas nações muçulmanas, o véu é um cárcere de mulheres: um cárcere ambulante, que com elas, nelas, caminha.

Mas as mulheres de Maomé não andavam com o rosto coberto, e o Corão não menciona a palavra véu, embora aconselhe, isso sim, que fora de casa as mulheres cubram a cabeça com um manto. As freiras católicas, que não obedecem ao Corão, cobrem o cabelo, e muitas mulheres que não são muçulmanas usam manto, mantilha ou lenço na cabeça, em muitos lugares do mundo.

Mas uma coisa é o manto, prenda de livre escolha, e outra o véu que, por mandato masculino, obriga a esconder o rosto da mulher.

Uma das mais encarniçadas inimigas do tapa-rosto foi Sukaina, bisneta de Maomé, que não só se negou a usá-lo, como o denunciou aos gritos.

Sukaina se casou cinco vezes, e em seus cinco contratos de matrimônio se negou a aceitar a obediência ao marido.

Concepción

Passou a vida lutando com alma e vida contra o inferno dos cárceres e pela dignidade das mulheres, presas nos cárceres disfarçados de lares.

Contra o costume de absolver generalizando, ela chamava o pão de pão e o vinho de vinho:

– Quando a culpa é de todos, não é de ninguém – dizia.

E assim ganhou um bocado de inimigos.

E embora com o tempo seu prestígio tenha se tornado indiscutível, em seu país custavam a acreditar nisso. E não só em seu país: em seu tempo também.

Lá por 1840, Concepción Arenal tinha assistido aos cursos da Faculdade de Direito, disfarçada de homem, o peito amassado por um espartilho duplo.

Lá por 1850 e pouco, ela continuava se disfarçando de homem para poder frequentar as tertúlias madrilenas, onde eram debatidos temas impróprios em horas impróprias.

E lá por 1870 e tanto, uma prestigiosa organização inglesa, a Sociedade Howard para a Reforma das Prisões, nomeou-a representante na Espanha. O documento que a designou foi expedido em nome de *Sir Concepción Arenal.*

Quarenta anos depois, outra espanhola, Emilia Pardo Bazán, foi a primeira mulher catedrática numa universidade espanhola. Nenhum aluno se dignava a escutá-la. Dava aulas para ninguém.

Sacrílegas

No ano de 1901, Elisa Sánchez e Marcela Gracia contraíram matrimônio na igreja de São Jorge, na cidade galega de A Corunha.

Elisa e Marcela se amavam às escondidas. Para normalizar a situação, com boda, sacerdote, certidão e foto, foi preciso inventar um marido: Elisa se transformou em Mario, vestiu roupa de cavalheiro, cortou os cabelos e falou com outra voz.

Depois, quando ficaram sabendo, os jornais da Espanha inteira puseram a boca no mundo diante *daquele escândalo asquerosíssimo, essa imoralidade desavergonhada,* e aproveitaram aquela tão lamentável ocasião para vender como nunca, enquanto a Igreja, enganada em sua boa-fé, denunciava para a polícia o sacrilégio cometido.

E desatou-se a caçada.

Elisa e Marcela fugiram para Portugal.

Caíram presas na cidade do Porto.

Quando escaparam da cadeia, trocaram de nomes e foram mar afora.

Na cidade de Buenos Aires perdeu-se a pista das fugitivas.

Susan também não pagou

Os Estados Unidos da América vs. Susan Anthony, Distrito Norte de Nova York, junho 18 de 1873.

Promotor Distrital Richard Crowley: *No dia 5 de novembro de 1872, Susan B. Anthony votou num representante no Congresso dos Estados Unidos da América. Naquele momento era ela mulher, e suponho que não haverá dúvidas em relação a isso. Ela não tinha direito de voto. É culpada de violar a lei.*

Juiz Ward Hunt: *A prisioneira foi julgada de acordo com o estabelecido na lei.*

Susan Anthony: *Sim, Senhoria, mas são leis feitas pelos homens, interpretadas pelos homens e administradas pelos homens a favor dos homens e contra as mulheres.*

Juiz Ward Hunt: *Que a prisioneira fique de pé. A sentença desta Corte manda que ela pague uma multa de cem dólares mais as custas do processo.*

Susan Anthony: *Não pago nem um tostão.*

Campeãs

No ano de 2003, foi disputado o terceiro campeonato mundial de futebol feminino.

No fim do torneio, as jogadoras alemãs foram campeãs; e no ano de 2007 novamente ergueram o troféu mundial.

Elas não tinham percorrido um caminho de rosas

De 1955 a 1970, o futebol tinha sido proibido para as mulheres alemãs.

A Associação Alemã de Futebol havia explicado a razão: *Na luta pela bola, desaparece a elegância feminina, e o corpo e a alma sofrem danos. A exibição do corpo ofende o pudor.*

Tamara voa duas vezes

1983. Lima

Rosa foi torturada, sob o controle de um médico que mandava parar, e violentada, e fuzilada com balas de festim. Passou oito anos presa, sem processo nem explicações, até que no ano passado a expulsaram da Argentina. Agora, no aeroporto de Lima, espera. Por cima dos Andes, sua filha Tamara vem voando rumo a ela.

Tamara viaja acompanhada por duas das avós que a encontraram. Devora tudo que servem no avião, sem deixar nem uma migalha de pão ou um grão de açúcar.

Em Lima, Rosa e Tamara se descobrem. Olham-se no espelho, juntas, e são idênticas: os mesmos olhos, a mesma boca, as mesmas pintas nos mesmos lugares.

Quando chega a noite, Rosa banha a filha. Ao deitá-la, sente um cheiro leitoso, adocicado; e torna a banhá-la. E outra vez. E por mais que esfregue o sabonete, não há maneira de tirar-lhe esse cheiro. É um cheiro raro... e de repente, Rosa recorda. Este é o cheiro dos bebês quando acabam de mamar: Tamara tem dez anos e nesta noite tem cheiro de recém-nascida.

Navegações

Era chamada de Mulata de Córdoba, não se sabe por quê. Mulata era, mas havia nascido no porto de Veracruz, e lá vivia desde sempre.

Dizia-se que era feiticeira. Lá pelo ano de 1600 e qualquer coisa, o toque de suas mãos curava os enfermos e enlouquecia os sãos.

Suspeitando que o Demônio a habitasse, a Santa Inquisição trancou-a na fortaleza da ilha de San Juan de Ulúa.

Em sua cela, ela encontrou um carvão, que algum fogo antigo havia deixado lá.

Com esse carvão se pôs a rabiscar a parede; e sua mão desenhou, sem querer querendo, um barco. E o barco se soltou da parede e o mar aberto levou a prisioneira.

A primeira almiranta

A batalha de Salamina terminou cinco séculos antes de Cristo.

Artemisa, primeira almiranta da história universal, tinha avisado a Xerxes, rei da Pérsia: o estreito de Dardanelo era um mau lugar para que as pesadas naus persas combatessem os ágeis trirremos gregos.

Xerxes não a escutou.

Mas em plena batalha, quando sua frota estava levando tremenda sova, não teve outro remédio a não ser deixar o comando nas mãos de Artemisa, e assim conseguiu salvar, pelo menos, alguns barcos e alguma honra.

Xerxes, envergonhado, reconheceu:

– Os homens se transformaram em mulheres, e as mulheres em homens.

Enquanto isso, longe dali, um menino chamado Heródoto cumpria seus primeiros cinco anos de vida.

Tempos depois, ele contou essa história.

Hatshepsut

Seu esplendor e sua forma eram divinas, donzela formosa e florescente.

Assim se descreveu, modestamente, a filha mais velha de Tutmósis. Hatshepsut, a que ocupou seu trono, guerreira filha de guerreiro, decidiu chamar-se *rei* e não rainha. Porque rainhas, mulheres de reis, tinham existido outras, mas Hatshepsut era única, a filha do sol, a mandachuva, a de verdade.

E esse faraó com tetas usou capacete e manto de macho e barba de mentira, e deu ao Egito vinte anos de prosperidade e glória.

O sobrinho criado por ela, que dela havia aprendido as artes da guerra e do bom governo, matou sua memória. Ele mandou que essa usurpadora do poder masculino fosse apagada da lista dos faraós, que seu nome e sua imagem fossem suprimidos das pinturas e das marcas e que fossem demolidas as estátuas que ela tinha erguido à sua própria glória.

Mas algumas estátuas e algumas inscrições se salvaram da purga, e graças a essa ineficiência sabemos que existiu, sim, uma faraona disfarçada de homem, a mortal que não quis morrer, a que anunciou: *Meu falcão voa para a eternidade, voa além das bandeiras do reino...*

Três mil e quatrocentos anos depois, sua tumba foi encontrada. Vazia. Dizem que ela estava em algum outro lugar.

Amazonas

As amazonas, temíveis mulheres, tinham lutado contra Hércules, quando ele ainda era Héracles, e contra Aquiles na Guerra de Troia. Odiavam os homens e cortavam o seio direito para que suas flechadas fossem mais certeiras.

O grande rio que atravessa o corpo da América de lado a lado se chama Amazonas por obra e graça do conquistador espanhol Francisco de Orellana.

Ele foi o primeiro europeu que o navegou, lá de dentro da terra até o mar afora. Voltou para a Espanha com um olho a menos, e contou que seus bergantins tinham sido crivados a flechadas por mulheres guerreiras, que lutavam nuas, rugiam como feras e quando sentiam fome de amores sequestravam homens, os beijavam na noite e os estrangulavam ao amanhecer.

E para dar prestígio grego ao seu relato, Orellana disse que elas eram aquelas amazonas adoradoras da deusa Diana, e com seu nome batizou o rio onde tinham seu reino.

Aixa

Seis séculos depois da morte de Jesus, morreu Maomé. O fundador do Islã, que com a devida licença de Alá tinha obtido doze esposas, quase todas simultâneas, deixou nove viúvas. Por proibição de Alá, nenhuma tornou a se casar.

Aixa, a mais jovem, tinha sido a preferida.

Tempos depois, ela encabeçou um levante armado contra o governo do califa Ali.

Em nosso tempo, muitas mesquitas impedem a passagem das mulheres, mas naqueles tempos as mesquitas foram os lugares onde Aixa pronunciou os discursos que acenderam os fogos da ira popular. Depois, montada em seu camelo, atacou a cidade de Basora. A prolongada batalha deixou quinze mil caídos.

Essa sangria inaugurou o ódio entre sunitas e xiitas, que até hoje faz vítimas. E alguns teólogos determinaram que essa era a prova irrefutável de que as mulheres provocam desastres quando escapam da cozinha.

A santa guerreira

Não havia homem que pudesse com ela, nem no arado nem na espada.

No silêncio do pomar, ao meio-dia, escutava vozes. Falavam com ela os anjos e os santos, são Miguel, santa Margarida, santa Catarina, e também a voz mais alta do Céu:

– Não há ninguém no mundo que possa libertar o reino da França. Apenas tu.

E ela repetia, por todos os lados, sempre citando a fonte:

– Deus me disse isso.

E assim aquela camponesa analfabeta, nascida para colher filhos, encabeçou um grande exército, que crescia conforme o seu caminhar.

A donzela guerreira, virgem por mandato divino ou por pânico masculino, avançava de batalha em batalha.

Lança na mão, avançando a cavalo contra os soldados ingleses, foi invencível. Até que foi vencida.

Os ingleses a fizeram prisioneira e decidiram que os franceses deveriam decidir o que fazer com aquela louca.

Pela França e pelo seu rei havia lutado, em nome de Deus, e os funcionários do rei da França e os funcionários de Deus a mandaram para a fogueira.

Ela, raspada, acorrentada, não teve advogado. Os juízes, o promotor, os especialistas da Inquisição, os bispos, os priores, os cônegos, os tabeliães e as testemunhas coincidiram com a douta Universidade de Sorbonne, que determinou que a acusada era cismática, apóstata, mentirosa, adivinhadora, suspeita de heresia, errante na fé e blasfemadora de Deus e dos santos.

Tinha dezenove anos quando foi atada a uma estaca na praça do mercado de Rouen, e o verdugo acendeu a lenha.

Depois, sua pátria e sua Igreja, que a haviam assado, mudaram de opinião. Agora, Joana d'Arc é heroína e santa, símbolo da França e emblema da Cristandade.

Libertadoras brasileiras

Hoje, 3 de março, terminou, em 1770, o reinado de Teresa de Benguela em Quariterê.

Foi um dos santuários de liberdade dos escravos fugidos no Brasil. Durante vinte anos, Teresa enlouqueceu os soldados do governador de Mato Grosso. Não conseguiram apanhá-la viva.

Nos esconderijos da floresta, houve umas quantas mulheres que além de cozinhar e parir foram capazes de competir e de mandar, como Zacimba Gambá, no Espírito Santo, Mariana Crioula, no interior do Rio de Janeiro, Zeferina, na Bahia, e Felipa Maria Aranha, no Tocantins.

No Pará, nas margens do rio Trombetas, não havia quem discutisse as ordens de Mãe Domingas.

No vasto refúgio de Palmares, em Alagoas, a princesa africana Aqualtune governou uma aldeia livre, até que foi incendiada pelas tropas coloniais em 1677.

Ainda existe, e se chama Conceição das Crioulas, em Pernambuco, a comunidade que duas negras fugitivas, as irmãs Francisca e Mendecha Ferreira, fundaram em 1802.

Quando as tropas escravistas andavam por perto, as escravas liberadas enchiam de sementes suas frondosas cabeleiras africanas. Como em outros lugares das Américas, transformavam suas cabeças em celeiros, para o caso de ter de sair correndo em disparada.

Libertadoras mexicanas

E acabou-se a festa do Centenário, e todo esse lixo fulgurante foi varrido.

E explodiu a revolução.

A história recorda os chefes revolucionários Zapata, Villa e outros machos muito machos. As mulheres, que viveram em silêncio, foram para o esquecimento.

Algumas poucas guerreiras se negaram a ser apagadas:

Juana Ramona, a Tigresa, que tomou várias cidades de assalto;

Carmen Vélez, a Generala, que dirigiu trezentos homens;

Ângela Jiménez, mestre em dinamite, que dizia ser Ángel Jiménez;

Encarnación Mares, que cortou as tranças e chegou a ser subtenente escondendo-se debaixo da aba do chapelão, *para que não se veja a mulher em meus olhos*;

Amelia Robles, que precisou ser Amelio, e chegou a coronel;

Petra Ruiz, que precisou ser Pedro, a que mais bala mandou para abrir as portas da cidade do México;

Rosa Bobadilla, fêmea que se negou a ser homem e com seu nome lutou mais de cem batalhas;

e Maria Quinteras, que tinha feito pacto com o Diabo e não perdeu uma única batalha. Os homens obedeciam suas ordens. Entre eles, seu marido.

Harriet

Acontece em meados do século XIX.

Foge. Harriet Tubman leva a lembrança das cicatrizes nas costas e um afundamento no crânio.

Não leva o marido. Ele diz a ela:

– Você está louca. Pode até fugir, mas não vai conseguir contar.

Ela escapa, conta, regressa a Maryland e leva seus pais, torna a regressar, e leva seus irmãos. E faz dezenove viagens das plantações do sul para as terras do norte, e atravessando a noite, de noite em noite, liberta mais de trezentos negros durante dez anos.

Nenhum de seus fugitivos foi capturado. Dizem que Harriet resolve com um tiro os esgotamentos e arrependimentos que acontecem no meio do caminho. E dizem que ela diz:

– Comigo nenhum passageiro se perde.

É a cabeça mais cara do seu tempo. A recompensa por ela é de quarenta mil dólares.

Ninguém recebe.

Seus disfarces de teatro a tornam irreconhecível e nenhum caçador consegue competir com sua maestria na arte de despistar pistas e inventar caminhos.

O direito à valentia

Em 1816, o governo de Buenos Aires outorgou o grau de tenente coronel a Juana Azurduy, *em virtude de seu esforço varonil.*

Na guerra da independência, ela tinha encabeçado os guerrilheiros que arrancaram o morro de Potosí das mãos espanholas.

Era proibido às mulheres se meter nos masculinos assuntos da guerra, mas os oficiais machos não tinham outro remédio a não ser admirar *a viril coragem dessa mulher.*

Depois de muito galopar, quando a guerra já tinha matado seu marido e cinco de seus filhos, Juana também morreu. Morreu na pobreza, pobre entre os pobres, e foi jogada na vala comum.

Quase dois séculos depois, o governo argentino, presidido por uma mulher, promoveu Juana Azurduy a generala do exército, *em homenagem à sua feminina valentia.*

Olga e ele

1936. Rio de Janeiro

À cabeça de seu exército rebelde, Luís Carlos Prestes tinha atravessado a pé o imenso Brasil de ponta a ponta, ida e volta dos campos do sul até os desertos do nordeste, através da selva amazônica. Em três anos de marcha, a Coluna Prestes tinha lutado contra a ditadura dos senhores do café e do açúcar sem sofrer jamais uma derrota. Portanto, Olga Benário o imaginava gigantesco e devastador. Tremenda surpresa levou quando conheceu o grande capitão. Prestes era um homenzinho frágil, que ficava vermelho quando Olga o olhava nos olhos. Ela, afogueada nas lutas revolucionárias na Alemanha, militante sem fronteiras, veio ao Brasil. E ele, que nunca tinha conhecido mulher, foi por ela amado e fundado.

Os dois caem presos ao mesmo tempo. São levados a cárceres diferentes.

Da Alemanha, Hitler reclama Olga por ser judia e comunista, sangue vil, vis ideias, e o presidente brasileiro, Getúlio Vargas, a entrega. Quando os soldados chegam para buscá-la na cadeia, os presos se amotinam. Olga acaba com a revolta, para evitar uma matança inútil, e se deixa levar. Com a cara na grade de sua cela, o escritor Graciliano Ramos a vê passar, algemada, pançuda de gravidez.

No cais, a espera um navio que ostenta a cruz suástica. O capitão tem ordens de não parar até Hamburgo. Lá, Olga será trancada num campo de concentração, asfixiada numa câmara de gás, carbonizada num forno.

O divórcio como medida higiênica

Em 1953, estreou no México um filme de Luis Buñuel, chamado *Ele*. Buñuel, desterrado espanhol, havia filmado o romance de uma desterrada espanhola, Mercedes Pinto, que contava os suplícios da vida conjugal.

Ficou três semanas em cartaz. O público ria como se fosse um filme do Cantinflas.

A autora do romance tinha sido expulsa da Espanha em 1923. Ela havia cometido o sacrilégio de dar uma conferência na Universidade de Madri, cujo título já fazia dela alguém insuportável: *O divórcio como medida higiênica.*

O ditador Miguel Primo de Rivera mandou chamá-la. Falou em nome da Igreja Católica, a Santa Mãe, e em poucas palavras disse tudo:

– Ou se cala, senhora, ou vai embora.

E Mercedes Pinto foi-se embora.

A partir de então, seu passo criativo, que acordava o chão onde pisava, deixou sua marca no Uruguai, na Bolívia, na Argentina, em Cuba, no México...

Alarme: bicicletas!

– A bicicleta fez mais do que qualquer coisa e do que qualquer um pela emancipação das mulheres no mundo – dizia Susan Anthony.

E dizia sua companheira de luta, Elizabeth Stanton:

– Pedalando, nós, mulheres, viajamos rumo ao direito ao voto.

Alguns médicos, como Philippe Tissié, advertiam que a bicicleta podia provocar aborto e esterilidade, e outros colegas asseguravam que esse instrumento indecente induzia à depravação, porque dava prazer às mulheres que esfregavam suas partes íntimas contra o assento.

A verdade é que por culpa da bicicleta as mulheres se moviam por conta própria, desertavam do lar e desfrutavam o perigoso gostinho da liberdade. E por culpa da bicicleta o opressivo corselete, que impedia de pedalar, saía do armário e ia para o museu.

Doria

No Cairo, em 1951, mil e quinhentas mulheres invadiram o Parlamento.

Durante horas ficaram lá, e não havia modo de tirá-las. Gritavam que o Parlamento era mentira, porque a metade da população não podia votar nem ser votada.

Os líderes religiosos, representantes do céu, ao céu lançaram brados: *O voto degrada a mulher e contradiz a natureza!*

Os líderes nacionalistas, representantes da pátria, denunciaram como traição à pátria as militantes do sufrágio feminino.

O direito ao voto custou, mas acabou saindo. Foi uma das conquistas da União das Filhas do Nilo. Então o governo proibiu que se transformassem em partido político e condenou à prisão domiciliar Doria Shafik, que era o símbolo vivo do movimento.

Isso não tinha nada de estranho. Quase todas as mulheres egípcias estavam condenadas à prisão domiciliar. Não podiam se mexer sem licença do pai ou do marido, e muitas eram as que só saíam de casa em três ocasiões: para ir a Meca, para ir ao seu próprio casamento e para ir ao próprio enterro.

Alicia Moreau

1977. Buenos Aires

Às vezes exagera na fé, e anuncia a revolução social de maneira não lá muito realista, ou se lança publicamente em fúrias contra o poder militar e o Papa. Mas, o que seria das mães da Praça de Maio sem o entusiasmo desta moça? Ela não deixa que as mães desmoronem, quando parecem vencidas por tanto silêncio e deboche:

– Sempre se pode fazer alguma coisa – diz a elas. – Unidas. Cada uma por seu lado, não. Vamos... Temos que...

E recolhe o bastão e é a primeira a se mover.

Alicia Moreau está fazendo cem anos. Está na luta desde os tempos em que os socialistas não bebiam nada além de água nem cantavam outra coisa que não fosse a Internacional. Desde então ocorreram maravilhas e traições em quantidade, muitos nasceres, muitos morreres, e apesar de todos os pesares ela continua acreditando que acreditar vale a pena. Alicia Moreau está airosa e briosa como no começo do século, quando discursava nos bairros operários de Buenos Aires, de pé sobre um caixote, entre bandeiras vermelhas, e atravessava a cordilheira dos Andes em lombo de mula, apressando o passo para não chegar tarde ao congresso feminista.

Foi

Elisa Lynch estava cavando a tumba com as unhas. Os soldados vencedores, atônitos, deixavam.

Os arranhões daquela mulher erguiam nuvens de pó vermelho e sacudiam a melena avermelhada que chovia sobre seu rosto.

Solano López jazia ao seu lado.

Ela, mutilada dele, não chorava por ele, não olhava para ele: ia atirando terra em cima de seu corpo, inúteis punhados que queriam enterrá-lo na terra que havia sido a sua terra.

Já não havia ele, já não havia Paraguai.

Cinco anos havia durado a guerra.

Havia caído, assassinado, o único país latino-americano que negava obediência aos banqueiros e mercadores.

E enquanto Elisa continuava jogando punhados de terra sobre o homem que havia sido o seu homem, o sol se ia, e com o sol se ia esse maldito dia do ano de 1870.

Da mata do morro chamado de Cerro Corá, uns poucos pássaros lhe diziam adeus.

Comuneiras

Todo poder para os bairros. Cada bairro era uma assembleia.

E por todos os lados, elas: operárias, costureiras, padeiras, cozinheiras, floristas, babás, faxineiras, passadeiras, garçonetes. O inimigo chamava de *pétroleuses*, incendiárias, aquelas fogosas que exigiam os direitos negados pela sociedade que tantos deveres lhes exigia.

O voto feminino era um desses direitos. Na revolução anterior, a de 1848, o governo da Comuna tinha rejeitado essa exigência por 899 votos a um. (Unanimidade menos um.)

Essa segunda Comuna continuava surda às demandas das mulheres, mas enquanto durou, no pouco que durou, elas opinaram em todos os debates e ergueram barricadas e curaram feridos e deram de comer aos soldados e empunharam as armas dos caídos e lutando caíram, com o lenço vermelho no pescoço, que era o uniforme de seus batalhões.

Depois, na derrota, quando chegou a hora da vingança do poder ofendido, mais de mil mulheres foram processadas pelos tribunais militares.

Uma das condenadas à deportação foi Louise Michel. Essa professora anarquista tinha entrado na luta com uma velha carabina e em combate havia merecido um fuzil Remington, novinho. Na confusão final, salvou-se de morrer, mas foi mandada para o exílio, na ilha de Nova Caledônia.

Matilde

Cárcere de Palma de Maiorca, outono de 1942: a ovelha vermelha.

Está tudo pronto. Em formação militar, as presas aguardam. Chegam o bispo e o governador. Hoje Matilde Landa, comunista e chefe de comunistas, ateia convicta e confessa, será convertida à fé católica e receberá o santo sacramento do batismo. A arrependida se incorporará ao rebanho do Senhor e Satanás perderá uma ovelha vermelha.

Se faz tarde.

Matilde não aparece

Está no telhado, ninguém a vê.

Joga-se lá de cima.

O corpo explode, como uma bomba, contra o pátio da prisão.

Ninguém se move.

Cumpre-se a cerimônia prevista.

O bispo faz o sinal da cruz, lê uma página dos evangelhos, exorta Matilde a renunciar ao Mal, recita o Creio em Deus Pai e toca sua testa com água benta.

O sapato

Em 1919, a revolucionária Rosa de Luxemburgo foi assassinada em Berlim.

Ela foi arrebentada a coronhadas de fuzil pelos assassinos, e depois jogada nas águas de um canal.

No caminho, perdeu um sapato.

Alguém recolheu esse sapato, jogado no barro.

Rosa queria um mundo onde a justiça não fosse sacrificada em nome da liberdade, nem a liberdade sacrificada em nome da justiça.

Todos os dias, alguém recolhe essa bandeira.

Jogada no barro, como o sapato.

A deusa

Na noite de Iemanjá, toda a costa é uma festa. Bahia, Rio de Janeiro, Montevidéu e outros litorais celebram a deusa do mar. A multidão acende na areia um esplendor de velas e lança às águas um jardim de flores brancas e também perfumes, colares, tortas, caramelos e outras coqueterias e guloseimas que agradam à deusa.

Os crentes, então, fazem um pedido:

> o mapa do tesouro escondido,
> a chave do amor proibido,
> o reencontro dos perdidos,
> a ressurreição dos queridos.

Enquanto os crentes pedem, seus desejos se realizam. Talvez o milagre não dure mais do que as palavras que o nomeiam, mas, enquanto ocorre essa fugaz conquista do impossível, os crentes são luminosos e brilham na noite.

Quando as ondas levam as oferendas, eles retrocedem, sempre olhando o horizonte para não dar as costas à deusa. E, a passos vagarosos, regressam à cidade.

Mexicanas

Tlazoltéotl, lua mexicana, deusa da noite huasteca, conseguiu achar um lugarzinho no panteão macho dos astecas.

Ela era a mãe mais que mãe que protegia as paridas e as parteiras e guiava a viagem das sementes rumo às plantas. Deusa do amor e também do lixo, condenada a comer merda, encarnava a fecundidade e a luxúria.

Como Eva, como Pandora, Tlazoltéotl tinha a culpa da perdição dos homens; e as mulheres que nasciam em seu dia viviam condenadas ao prazer.

E quando a terra tremia, por vibração suave ou terremoto devastador, ninguém tinha a menor dúvida:

– É ela.

Maria Padilha

Ela é Exu e também uma de suas mulheres, espelho e amante: Maria Padilha, a mais puta das diabas com quem Exu gosta de se revirar nas fogueiras.

Não é difícil reconhecê-la quando entra em algum corpo. Maria Padilha geme, uiva, insulta e ri com muitos maus modos, e no fim do transe exige bebidas caras e cigarros importados. É preciso dar a ela tratamento de grande senhora e rogar-lhe muito para que se digne a exercer sua reconhecida influência junto aos deuses e diabos que mandam mais.

Maria Padilha não entra em qualquer corpo. Ela escolhe, para manifestar-se neste mundo, as mulheres que nos subúrbios do Rio ganham a vida entregando-se a troco de tostões. Assim, as desprezadas se tornam dignas de devoção: a carne de aluguel sobe ao centro do altar. Brilha mais que todos os sóis o lixo da noite.

Ísis

Como Osíris, Ísis aprendeu no Egito os mistérios do nascimento incessante.

Conhecemos a sua imagem: essa deusa-mãe dando de mamar ao seu filho Hórus, como muito depois a Virgem amamentou Jesus. Mas Ísis nunca foi lá muito virgem, digamos. Fez amor com Osíris, desde que estavam se formando, juntos, no ventre da mãe, e já crescida exerceu durante dez anos, na cidade de Tiro, a mais antiga das profissões.

Nos milhares de anos seguintes, Ísis andou meio mundo, dedicada a ressuscitar as putas, os escravos e os demais malditos.

Em Roma fundou templos no meio dos pobres, na beira dos bordéis. Os templos foram arrasados, por ordem imperial, e seus sacerdotes foram crucificados; mas essas mulas teimosas voltaram à vida uma e várias vezes.

E quando os soldados do imperador Justiniano trituraram o santuário de Ísis na ilha Filae, no Nilo, e sobre as ruínas ergueram a Igreja Católica de são Estevão, os peregrinos de Ísis continuaram indo até o templo render homenagem à sua deusa pecadora, diante do altar cristão.

Cleópatra

Suas cortesãs a banham em leite de jumenta e mel. Depois de ungi-la em sumo de jasmins, lírios e madressilvas, depositam seu corpo nu em almofadões de seda recheados de plumas.

Sobre suas pálpebras fechadas há finas camadas de óleo de babosa. No rosto e no pescoço, emplastros feitos de bile de boi, ovos de avestruz e cera de abelhas.

Quando desperta de fazer a sesta, já há lua no céu.

As cortesãs impregnam de rosas as suas mãos e perfumam seus pés com elixir de amêndoas e flores de laranjeira. Suas axilas exalam fragrâncias de limão e de canela, e as tâmaras do deserto dão aroma à sua cabeleira, brilhante de óleo de nozes.

E chega a vez da maquiagem. Pó de escaravelhos colore suas faces e seus lábios. Pó de antimônio desenha suas sobrancelhas. O lápis-lazúli e a malaquita pintam uma máscara de sombras azuis e sombras verdes ao redor de seus olhos.

Em seu palácio na Alexandria, Cleópatra entra em sua última noite.

A última faraona,
a que não foi tão bela como dizem,

a que foi melhor rainha do que dizem,
a que falava várias línguas e entendia de economia e outros mistérios masculinos,
a que deslumbrou Roma,
a que desafiou Roma,
a que dividiu cama e poder com Júlio César e Marco Antônio,
veste agora suas roupagens mais deslumbrantes e lentamente senta-se em seu trono, enquanto as tropas romanas avançam contra ela.
Júlio César morreu, Marco Antônio morreu.
As defesas egípcias caem.
Cleópatra manda abrir a cesta de palha.
Soa uma cascavel.
Desliza a serpente.

E a rainha do Nilo abre sua túnica e oferece a ela seus peitos nus, brilhantes de pó de ouro.

Teodora

Ravena devia obediência ao imperador Justiniano e à imperatriz Teodora, embora as afiadas línguas da cidade se deleitassem evocando o passado turvo daquela mulher, as danças nos zonas bravas de Constantinopla, os gansos bicando sementes de cevada em seu corpo nu, seus gemidos de prazer, os rugidos do público...

Mas eram outros os seus pecados que a puritana cidade de Ravena não podia perdoar. Ela os havia cometido depois de sua coroação. Por culpa de Teodora, o império cristão bizantino tinha sido o primeiro lugar no mundo onde o aborto era um direito,

não se penalizava o adultério com a morte,
as mulheres tinham direito de herança,
as viúvas e os filhos ilegais tinham proteção,
o divórcio da mulher já não era uma façanha impossível
e não estavam mais proibidos os casamentos de nobres cristãos com mulheres de classes subalternas ou de religião diferente.

Mil e quinhentos anos depois, o retrato de Teodora na igreja de são Vital é o mosaico mais famoso do mundo.

Essa obra-prima de cantaria é, também, o símbolo da cidade que a odiava e que agora vive dela.

Ressurreição de Maria

Maria renasceu em Chiapas.

Foi anunciada por um índio do povoado de Simojovel, que era seu primo, e por um ermitão que não era parente e vivia dentro de uma árvore em Chamula.

E no povoado de Santa Marta Xolotepec, Dominica López estava colhendo milho quando a viu. A mãe de Jesus pediu a ela que erguesse uma ermida, porque estava cansada de dormir na montanha. Dominica fez o que ela pediu; mas poucos dias depois veio o bispo e levou Dominica, Maria e todos os seus peregrinos para a cadeia.

Então Maria escapou da cadeia e foi para o povoado de Cancuc e falou através da boca de uma menina que também se chamava Maria.

Os maias tzeltales nunca esqueceram o que ela disse. Falou na língua deles, e com uma vozinha rouca mandou

que as mulheres não se negassem aos desejos de seus corpos, porque ela se alegrava com isso;
que as mulheres que quisessem tornassem a se casar com outros maridos, porque não eram bons os casamentos que tinham sido feitos pelos padres espanhóis

e que estava cumprida a profecia de sacudir o jugo e restaurar as terras e a liberdade, e que já não existia tributo, nem rei, nem bispo, nem alcaide.

E o Conselho de Anciãos a ouviu e obedeceu. E no ano de 1712, trinta e dois povoados indígenas se levantaram em armas.

Aspásia

Nos tempos de Péricles, Aspásia foi a mulher mais famosa de Atenas.

O que também poderia ser dito de outra maneira: nos tempos de Aspásia, Péricles foi o homem mais famoso de Atenas.

Seus inimigos não perdoavam que fosse mulher e estrangeira, e para acrescentar-lhe alguns defeitos atribuíam a ela um passado inconfessável e diziam que a escola de retórica, que ela dirigia, era um criadouro de mocinhas fáceis.

Foi acusada de desprezar os deuses, ofensa que podia ser paga com a morte. Diante de um tribunal de mil e quinhentos homens, Péricles a defendeu. Aspásia foi absolvida, embora em seu discurso de três horas Péricles tenha esquecido de dizer que ela não desprezava os deuses, mas achava que os deuses nos desprezam e arruínam nossas efêmeras felicidades humanas.

Naquela época, Péricles já havia expulsado a esposa de seu leito e de sua casa e vivia com Aspásia. E por defender os direitos do filho que teve com ela, havia violado uma lei que ele mesmo havia escrito.

Para escutar Aspásia, Sócrates interrompia suas aulas. Anaxágoras citava suas opiniões.

– Que arte ou poder tinha essa mulher, para dominar os políticos mais eminentes e para inspirar os filósofos? – perguntou-se Plutarco.

Trótula

Enquanto as cruzadas arrasavam Maarat, Trótula Ruggiero morria em Salerno.

Como a História andava muito ocupada registrando as façanhas dos guerreiros de Cristo, não é muito o que se sabe dela. Sabe-se que um cortejo de trinta quarteirões acompanhou-a até o cemitério e que foi a primeira mulher que escreveu um tratado de ginecologia, obstetrícia e puericultura.

As mulheres não se atrevem a mostrar diante de um médico homem, por pudor e por reserva nata, suas partes íntimas, escreveu Trótula. Seu tratado recolhia a experiência de uma mulher ajudando outras mulheres em assuntos delicados. Elas lhe abriam o corpo e a alma, e confiavam a ela segredos que os homens não compreendiam nem mereciam.

Trótula as ensinava a aliviar a viuvez, a simular a virgindade, a superar o parto e seus transtornos, a evitar o mau hálito, a branquear a pele e os dentes e a *reparar dos anos o irreparável ultraje.*

A cirurgia estava na moda, mas Trótula não acreditava na faca. Ela preferia outras terapias: a mão, as ervas, o ouvido. Fazia massagens carinhosas, receitava infusões e sabia escutar.

Proibido cantar

Desde o ano de 1234, a religião católica proibiu que as mulheres cantassem nas igrejas.

As mulheres, impuras por herança de Eva, sujavam a música sagrada, que só podia ser entoada por meninos varões ou por homens castrados.

A pena de silêncio regeu, durante sete séculos, até princípios do século XX.

Poucos anos antes que lhes fechassem a boca, lá pelo século XII, as monjas do convento de Bingen, nas margens do Reno, ainda podiam cantar livremente a glória do Paraíso. Para boa sorte dos nossos ouvidos, a música litúrgica criada pela abadessa Hildegarda, nascida para elevar-se em vozes de mulher, sobreviveu sem que o tempo a tenha gasto nem um pouquinho.

Em seu convento de Bingen, e em outros onde pregou, Hildegarda não fez só música: foi mística, visionária, poeta e médica estudiosa da personalidade das plantas e das virtudes curativas das águas. E também foi a milagrosa fundadora de espaços de liberdade para suas monjas, contra o monopólio masculino da fé.

Bessie

1927. Nova York

Esta mulher canta suas feridas com a voz da glória e ninguém pode ficar surdo ou distraído. Pulmões da noite profunda: Bessie Smith, imensamente gorda, imensamente negra, amaldiçoa os ladrões da Criação. Seus *blues* são os hinos religiosos das pobres negras bêbadas dos subúrbios: anunciam que serão destronados os brancos e os machos e os ricos que humilham o mundo.

Alexandra

Para que o amor seja natural e limpo, como a água que bebemos, haverá de ser livre e compartilhado, mas o macho exige obediência e nega prazer. Sem uma nova moral, sem uma mudança radical na vida cotidiana, não haverá emancipação plena. Se a revolução social não mentir, deve abolir, na lei e nos costumes, o direito de propriedade do homem sobre a mulher e as rígidas normas inimigas da diversidade da vida.

Palavra a mais, palavra a menos, era isso o que exigia Alexandra Kollontai, a única mulher com cargo de ministro no governo de Lenin.

Graças a ela, a homossexualidade e o aborto deixaram de ser crimes, o matrimônio não foi uma condenação à pena perpétua, as mulheres tiveram direito ao voto e à igualdade de salários, e houve creches infantis, refeitórios comunais e lavanderias coletivas.

Anos depois, quando Stalin decapitou a revolução, Alexandra conseguiu conservar a cabeça. Mas deixou de ser Alexandra.

Cinco mulheres

1978. La Paz

— O inimigo principal, qual é? A ditadura militar? A burguesia boliviana? O imperialismo? Não, companheiros. Eu quero dizer só isso: nosso inimigo principal é o medo. Temos medo por dentro.

Só isso disse Domitila na mina de estanho de Catavi e então veio para a capital com outras quatro mulheres e uma vintena de filhos. No Natal começaram a greve de fome. Ninguém acreditou nelas. Vários acharam que esta piada era boa:

– Quer dizer que cinco mulheres vão derrubar a ditadura?

O sacerdote Luis Espinal é o primeiro a se somar. Num minuto já são mil e quinhentos os que passam fome na Bolívia inteira, de propósito. As cinco mulheres, acostumadas à fome desde que nasceram, chamam a água de *frango* ou *peru*, de *costeleta* o sal, e o riso as alimenta. Multiplicam-se enquanto isso os grevistas de fome, três mil, dez mil, até que são incontáveis os bolivianos que deixam de comer e deixam de trabalhar e vinte e três dias depois do começo da greve de fome o povo se rebela e invade as ruas e já não há como parar isto.

As cinco mulheres derrubam a ditadura militar.

O povo argentino despido dela

1952. Buenos Aires

Viva o câncer!, escreveu certa mão inimiga num muro de Buenos Aires. Odiavam-na, odeiam-na, os bem-nutridos: por ser pobre, por ser mulher, por ser insolente. Ela os desafiava falando e os ofendia vivendo. Nascida para empregada, ou no máximo para atriz de melodramas baratos, Evita tinha saído de seu lugar.

Amavam-na, amam-na, os mal-amados; por sua boca eles falavam e amaldiçoavam. Além do mais, Evita era a fada loura que abraçava o leproso e o esfarrapado e dava paz ao desesperado, o incessante manancial que prodigiava empregos e colchões, sapatos e máquinas de costura, dentaduras postiças, enxovais de noiva. Os míseros recebiam estas caridades vindas ali do lado, e não lá do alto, embora Evita exibisse joias alucinantes e em pleno verão ostentasse casacos de visom. Não é que lhe perdoassem o luxo: o celebravam. O povo não se sentia humilhado, e sim vingado por seus atavios de rainha.

Frente ao corpo de Evita, rodeado de cravos brancos, o povo desfila chorando. Dia após dia, noite após noite, a fileira de archotes: uma caravana de duas semanas de comprimento.

Suspiram, aliviados, os agiotas, os mercadores, os senhores da terra. Morta Evita, o presidente Perón é uma faca sem corte.

As mulheres são pessoas

No dia de hoje, 18 de outubro, do ano de 1929, a lei reconheceu, pela primeira vez, que as mulheres do Canadá são pessoas.

Até esse dia, elas achavam que eram, mas a lei achava que não.

A definição legal de pessoa não inclui as mulheres, havia sentenciado a Suprema Corte de Justiça.

Emily Murphy, Nellie McClung, Irene Parlby, Henrietta Edwards e Louise McKinney conspiravam enquanto tomavam chá.

Elas derrotaram a Suprema Corte.

Manuelas

Todos homens. Mas era uma mulher, Manuela Cañizares, quem os recrutava e reunia para conspirar na casa dela.

Na noite de 9 de agosto de 1809, os homens passaram horas e horas discutindo, e sim, e não, e quem sabe?, e não se decidiam a proclamar, de uma vez por todas, a independência do Equador. E uma vez mais estavam adiando a questão para outra ocasião mais propícia, quando Manuela os encarou e gritou *covardes, medrosos, nascidos para servir*. E ao amanhecer do dia de hoje, 10 de agosto, abriu-se a porta do novo tempo.

Outra Manuela, Manuela Espejo, também precursora da independência americana, foi a primeira jornalista do Equador. E como esse era um ofício impróprio para as damas, publicava com pseudônimo seus audazes artigos contra a mentalidade servil que humilhava a sua terra.

E outra Manuela, Manuela Sáenz, ganhou fama perpétua por ser a amante de Simón Bolívar, mas além disso ela foi ela: a mulher que combateu contra o poder colonial e contra o poder macho e seus puritanismos hipócritas.

Victoria

Madri, inverno de 1936: Victoria Kent é eleita deputada.

Sua popularidade vem da reforma dos cárceres.

Quando iniciou essa reforma, seus inimigos, numerosos, a acusavam de entregar a Espanha, inerme, nas mãos dos delinquentes. Mas Victoria, que tinha trabalhado nas prisões e não conhecia a dor humana só de ouvir falar, levou seu programa adiante:

fechou as prisões inabitáveis, que eram a maioria;
inaugurou as licenças de saída;
liberou todos os presos maiores de setenta anos;
criou campos esportivos e oficinas de trabalho voluntário;
suprimiu as celas de castigo;
fundiu todas as correntes, grilhões e grades
e converteu todo esse ferro numa grande escultura de Concepción Arenal.

Janela sobre a herança

Pola Bonilla modelava barros e crianças. Ela era ceramista de mão-cheia e mestre-escola nos campos de Maldonado; e nos verões oferecia aos turistas suas esculturas e chocolate com churros.

Pola adotou um negrinho nascido na pobreza, dos muitos que chegam ao mundo sem ter com que, e criou-o como se fosse um filho.

Quando ela morreu, ele já era homem crescido e com ofício. Então os parentes de Pola disseram a ele:

– Entre na casa e pode levar o que quiser.

E ele saiu com uma fotografia dela debaixo do braço e se perdeu nos caminhos.

Pássaros proibidos

1976. Libertad

Os presos políticos uruguaios não podem falar sem licença, assoviar, sorrir, cantar, caminhar rápido nem cumprimentar outro preso.

Tampouco podem desenhar nem receber desenhos de mulheres grávidas, casais, borboletas, estrelas ou pássaros.

Didaskó Pérez, professor, torturado e preso *por ter ideias ideológicas*, recebe num domingo a visita de sua filha Milay, de cinco anos. A filha traz para ele um desenho de pássaros. Os censores o rasgam na entrada da cadeia.

No domingo seguinte, Milay traz para o pai um desenho de árvores. As árvores não estão proibidas, e o desenho passa. Didaskó elogia a obra e pergunta à filha o que são os pequenos círculos coloridos que aparecem nas copas das árvores, muitos pequenos círculos entre a ramagem:

– São laranjas? Que frutas são?

A menina o faz calar:

– Shhhh.

E em tom de segredo explica:

– Bobo. Não está vendo que são olhos? Os olhos dos pássaros que eu trouxe escondidos para você.

A florista

Georgia O'Keeffe viveu pintando durante quase um século, e pintando morreu.

Seus quadros ergueram um jardim na solidão do deserto.

As flores de Georgia, clitóris, vulvas, vaginas, mamilos, umbigos, eram os cálices de uma missa de ação de graças pela alegria de ter nascido mulher.

Celebração da realidade

Se a tia de Dámaso Murúa tivesse contado sua história a García Márquez, talvez a *Crônica de uma morte anunciada* tivesse outro final.

Susana Contreras, que é como se chama a tia de Dámaso, teve em seus bons tempos a bunda mais incendiária de todas as que ondularam na cidadezinha de Escuinapa e em todas as comarcas do golfo da Califórnia.

Há muitos anos, Susana se casou com um dos numerosos galãs que sucumbiram ao seu remelexo. Na noite de núpcias, o marido descobriu que ela não era virgem. Então soltou-se da ardente Susana como se ela contagiasse de peste, bateu a porta e foi-se embora para sempre.

O despeitado desandou a beber nos botequins, onde os convidados da festa continuavam a farra. Abraçado aos amigos, ele se pôs a mastigar rancores e a proferir ameaças, mas ninguém levava a sério seu tormento cruel. Com benevolência o escutavam, enquanto ele segurava, macho forte, as lágrimas que aos borbotões lutavam para sair, mas depois lhe diziam que a notícia não era de nada, que não desse bola, que claro que Susana não era virgem, que a cidade inteira sabia menos ele, e que afinal esse era um detalhe que não tinha a menor importância, e deixa de ser babaca, meu irmão, que a gente só vive uma vez. Ele insistia, e no lugar de gestos de solidariedade recebia bocejos.

E assim foi avançando a noite, aos trambolhões, em triste bebedeira cada vez mais solitária, até o amanhecer. Um atrás do outro, os convidados foram dormir. A alvorada encontrou o ofendido sentado na rua, completamente sozinho e exausto de tanto se queixar sem que ninguém lhe desse atenção.

O homem já estava se cansando de sua própria tragédia, e as primeiras luzes desvaneceram a vontade de sofrer e de se vingar.

No meio da manhã tomou um bom banho e um café bem quente e ao meio-dia voltou, arrependido, aos braços da repudiada.

Voltou desfilando, em passo de grande cerimônia, vindo lá da outra ponta da rua principal. Ia carregando um enorme ramo de rosas, encabeçando uma longa procissão de amigos, parentes e público em geral. A orquestra de serenatas fechava a marcha. A orquestra soava a todo vapor, tocando para Susana, à maneira de desagravo, *Negra consentida* e *Vereda tropical.* Com essas musiquinhas, tempos atrás, ele tinha se declarado a ela.

O carnaval abre alas

Em 1899, as ruas do Rio de Janeiro enlouqueceram dançando a música que inaugurou a história do carnaval carioca.

Esse alvoroço debochado se chamava *O abre alas*: um *maxixe*, invenção musical brasileira, que ria das rígidas danças de salão. A autora era Chiquinha Gonzaga, compositora desde a infância.

Aos dezesseis anos, os pais a casaram, e o marquês que depois seria o duque de Caxias foi padrinho do casamento.

Aos vinte, o marido a obrigou a escolher entre o lar e a música:

– Não entendo a vida sem música – disse ela, e saiu de casa.

Então seu pai proclamou que a honra familiar tinha sido manchada, e denunciou que Chiquinha havia herdado de alguma avó negra sua tendência à perdição. E a declarou morta, e proibiu que em sua casa o nome daquela desguiada fosse mencionado.

Proibido sentir

– Oh, figura feminina! Como sois gloriosa!

Hildegarda de Bingen achava que o sangue que mancha é o sangue da guerra, não o sangue da menstruação, e abertamente convidava a celebrar a felicidade de haver nascido mulher.

E em suas obras de medicina e ciências naturais, únicas na Europa da sua época, havia se atrevido a reivindicar o prazer feminino em termos insólitos para seu tempo e sua igreja. Com sabedoria surpreendente numa abadessa puritana, de costumes muito estritos, virgem entre virgens, Hildegarda afirmou que o prazer do amor que arde no sangue é mais sutil e profundo na mulher que no homem:

– Na mulher, é comparável ao sol e à sua doçura, que delicadamente aquece a terra e a torna fértil.

Um século antes de Hildegarda, o célebre médico persa chamado Avicena havia incluído em seu "Cânone" uma descrição mais detalhada do orgasmo feminino, *a partir do momento em que os olhos dela começam a se avermelhar, sua respiração se acelera e começa a balbuciar.*

Como o prazer era assunto masculino, as traduções europeias da obra de Avicena suprimiram essa página.

A arte de viver

Em 1986, o Nobel de Medicina foi para Rita Levi Montalcini.

Em tempos difíceis, durante a ditadura de Mussolini, Rita havia estudado as fibras nervosas, escondida, num laboratório improvisado em algum canto da sua casa.

Anos mais tarde, e depois de muito trabalhar, essa tenaz detetive dos mistérios da vida descobriu a proteína que se ocupa de multiplicar as células humanas, e recebeu o Nobel.

Andava perto dos oitenta anos, e dizia:

– Meu corpo fica enrugado, mas o cérebro não. Quando eu ficar incapaz de pensar, só quero que me ajudem a morrer com dignidade.

Marie

Foi a primeira mulher que recebeu o prêmio Nobel, e o recebeu duas vezes.

Foi a primeira mulher catedrática da Sorbonne, e durante muitos anos a única.

E depois, quando já não podia celebrar o acontecimento, foi a primeira mulher aceita no Panteão, o portentoso mausoléu reservado *aos grandes homens de França*, embora não fosse homem e tivesse nascido e crescido na Polônia.

No final do século XIX, Marie Sklodowska e seu marido, Pierre Curie, descobriram uma substância que emitia quatrocentas vezes mais radiação que o urânio. Deram a ela o nome de polônio, em homenagem ao país de Marie. Pouco depois, começaram suas experiências com o rádio, três mil vezes mais poderoso que o urânio, inventaram a palavra radioatividade e receberam, juntos, o prêmio Nobel.

Pierre tinha suas dúvidas: seriam eles portadores de uma oferenda do céu ou do inferno? Em sua conferência de Estocolmo, advertiu que o caso do próprio Alfred Nobel, inventor da dinamite, havia sido exemplar:

– Os poderosos explosivos permitiram à humanidade realizar trabalhos admiráveis. Mas também são um meio terrível de destruição nas mãos dos grandes criminosos que arrastam os povos à guerra.

Pouco depois, muito pouco depois, Pierre morreu atropelado por uma carreta que carregava quatro toneladas de material militar.

Marie sobreviveu a ele, e seu corpo pagou o preço de seus êxitos. As radiações lhe provocaram queimaduras, chagas e dores fortes, até que morreu de anemia perniciosa.

A filha, Irene, que também foi prêmio Nobel pelas suas conquistas no novo reino da radioatividade, morreu de leucemia.

A mãe das jornalistas

Na manhã de hoje, 14 de novembro de 1889, Nellie Bly começou sua viagem.

Júlio Verne não achava que aquela mulherzinha linda conseguisse dar a volta ao mundo, ela, sozinha, em menos de oitenta dias.

Mas Nellie abraçou o planeta em setenta e dois dias, enquanto ia publicando, reportagem após reportagem, o que via e vivia.

Aquele não era o primeiro desafio da jovem jornalista, nem foi o último.

Para escrever sobre o México, se mexicanizou tanto que o governo do México, assustado, a expulsou.

Para escrever sobre as fábricas, trabalhou como operária.

Para escrever sobre as prisões, se fez prender por roubo.

Para escrever sobre os manicômios, simulou loucura, e atuou tão bem que os médicos a declararam louca de pedra; e assim conseguiu denunciar os tratamentos psiquiátricos que padeceu, capazes de enlouquecer qualquer um.

Quando Nellie tinha vinte anos, em Pittsburgh, o jornalismo era coisa de homens.

Naquela época, ela cometeu a insolência de publicar suas primeiras reportagens.

Trinta anos depois publicou as últimas, desviando das balas na linha de fogo da primeira guerra mundial.

As idades de Ada

Aos dezoito anos, foge nos braços de seu preceptor. Aos vinte, se casa, ou é casada, apesar de sua notória incompetência para os assuntos domésticos.

Aos vinte e um, se põe a estudar, por conta própria, lógica matemática. Não são as tarefas mais adequadas para uma dama, mas a família aceita seu capricho, porque talvez assim possa cair em si e salvar-se da loucura à qual está destinada por herança paterna.

Aos vinte e cinco, inventa um sistema infalível, baseado na teoria das probabilidades, para ganhar dinheiro nas corridas de cavalo. Aposta as joias da família. Perde tudo.

Aos vinte e sete, publica um trabalho revolucionário. Não assina com seu nome. Uma obra assinada por uma mulher? Essa obra a transforma na primeira programadora da história: propõe um novo sistema para ditar tarefas a uma máquina que poupa das piores rotinas os operários têxteis.

Aos trinta e cinco, cai doente. Os médicos diagnosticam histeria. É câncer.

Em 1852, aos trinta e seis anos, morre. Nessa mesma idade tinha morrido seu pai, lorde Byron, poeta, que ela não conheceu.

Um século e meio depois, se chama Ada, em sua homenagem, uma das linguagens de programação de computadores.

Nasceu uma incomodadora

Hoje, 30 de junho, foi batizada, em 1819, em Buenos Aires, Juana Manso.

As águas sagradas a iniciaram no caminho da mansidão, mas Juana Manso nunca foi mansa.

Contra ventos e marés, ela fundou, na Argentina e no Uruguai, escolas laicas e mistas, onde se misturavam meninas e meninos, e o ensino da religião não era obrigatório, e o castigo físico era proibido.

Escreveu o primeiro texto escolar da história argentina e várias obras mais. Entre elas, um romance que batia duro na hipocrisia conjugal.

Fundou a primeira biblioteca popular do interior do país.

E se divorciou quando o divórcio não existia.

Os jornais de Buenos Aires se deleitavam insultando-a.

Quando morreu, a Igreja negou-lhe sepultura.

Outra exilada

No final de 1919, duzentos e cinquenta *estrangeiros indesejáveis* partiram do porto de Nova York, com a proibição de regressar aos Estados Unidos.

Entre eles, foi para o exílio Emma Goldman, *estrangeira de alta periculosidade*, que havia estado presa várias vezes por se opor ao serviço militar obrigatório, por difundir métodos anticoncepcionais, por organizar greves e por outros atentados contra a segurança nacional.

Algumas frases de Emma:

A prostituição é o mais alto triunfo do puritanismo.

Haverá por acaso algo mais terrível, mais criminoso, que nossa glorificada e sagrada função da maternidade?

O Reino dos Céus deve ser um lugar terrivelmente aborrecido se os pobres de espírito viverem lá.

Se o voto mudasse alguma coisa, seria ilegal.

Cada sociedade tem os delinquentes que merece.

Todas as guerras são guerras entre ladrões demasiado covardes para lutar, que mandam outros morrer por eles.

A noite kuna

O governo do Panamá havia ordenado, por lei, *a redução à vida civilizada das tribos bárbaras, semibárbaras e selvagens que existem no país.*

E seu porta-voz havia anunciado:

– As índias kunas nunca mais pintarão o nariz, e sim as faces, e já não usarão argolas no nariz, e sim nas orelhas. E já não vestirão molas, e sim vestidos civilizados.

E elas e eles foram proibidos de sua religião e de suas cerimônias, que ofendiam Deus, e a sua tradicional mania de se governar ao seu modo e maneira.

Em 1925, na noite do dia vinte e cinco do mês das iguanas, os kunas passaram a faca em todos os policiais que os proibiam de viver sua vida.

Desde então, as mulheres kunas continuam usando argolas nos narizes pintados, e continuam vestindo suas molas, esplêndida arte de uma pintura que usa agulha e linha em vez de pincel. E elas e eles continuam celebrando suas cerimônias e suas assembleias, nas duas mil ilhas onde defendem, por bem ou por mal, seu reino compartido.

Não digo adeus

Em 1872, por ordem do presidente do Equador, Manuela León foi fuzilada.

Em sua sentença, o presidente chamou Manuela de Manuel, para não deixar registro de que um cavalheiro como ele estava mandando uma mulher para o paredão, embora fosse uma índia bruta.

Manuela havia alvoroçado terras e povoados e havia alçado a indiada contra o pagamento de tributos e contra o trabalho servil. E como se tudo isso fosse pouco, havia cometido a insolência de desafiar para um duelo o tenente Vallejo, oficial do governo, diante dos olhos atônitos dos soldados, e em campo aberto a espada dele tinha sido humilhada pela lança dela.

Quando este último dia chegou, Manuela enfrentou o pelotão de fuzilamento sem venda nos olhos. E perguntada se tinha algo a dizer, respondeu, em sua língua:

– *Manapi.*

Nada.

Crônica da cidade de Bogotá

Quando as cortinas baixavam a cada fim de noite, Patricia Ariza, marcada para morrer, fechava os olhos. Em silêncio agradecia os aplausos do público e também agradecia outro dia de vida roubado da morte.

Patricia estava na lista dos condenados, por pensar à esquerda e viver de frente; e as sentenças estavam sendo executadas, implacavelmente, uma após a outra.

Até sem casa ela ficou. Uma bomba podia acabar com o edifício: os vizinhos, respeitadores da lei do silêncio, exigiram que ela se mudasse.

Patricia andava com um colete à prova de balas pelas ruas de Bogotá. Não tinha outro jeito; mas era um colete triste e feio. Um dia, Patricia pregou no colete algumas lantejoulas, e em outro dia, bordou umas flores coloridas, flores que desciam feito chuva sobre seus peitos, e assim o colete foi por ela alegrado e enfeitado, e seja como for, conseguiu acostumar-se a usá-lo sempre, e já não o tirava nem mesmo no palco.

Quando Patricia viajou para fora da Colômbia, para atuar em teatros europeus, ofereceu o colete antibalas a um camponês chamado Julio Cañón.

Julio Cañón, prefeito do povoado de Vistahermosa, tinha perdido à bala a família inteira, só como advertência, mas negou-se a usar o colete florido:

– Eu não uso coisas de mulheres – disse.

Com uma tesoura, Patricia arrancou os brilhos e as cores, e então o colete foi aceito pelo homem.

Naquela mesma noite ele foi crivado de balas. Com colete e tudo.

Desalmadas

Aristóteles sabia o que dizia:

– A fêmea é como um macho deformado. Falta-lhe um elemento essencial: a alma.

As artes plásticas eram um reino proibido aos seres sem alma.

No século XVI, havia em Bolonha 524 pintores e uma pintora.

No século XVII, na Academia de Paris, havia 435 pintores e quinze pintoras, todas esposas ou filhas dos pintores.

No século XIX, Suzanne Valadon foi verdureira, acrobata de circo e modelo de Toulouse-Lautrec. Usava espartilhos feitos de cenouras e dividia seu estúdio com uma cabra. Ninguém se surpreendeu que ela fosse a primeira artista a se atrever a pintar homens nus. Tinha que ser uma doida.

Erasmo de Rotterdam sabia o que dizia:

– Uma mulher é sempre mulher, quer dizer: louca.

Frida

1929. Cidade do México

Tina Modotti não está sozinha frente aos inquisidores. Está acompanhada, de cada braço, por seus camaradas Diego Rivera e Frida Kahlo: o imenso buda pintor e sua pequena Frida, pintora também, a melhor amiga de Tina, que parece uma misteriosa princesa do Oriente, mas diz mais palavrões e bebe mais tequila que um mariachi de Jalisco.

Frida ri às gargalhadas e pinta esplêndidas telas desde o dia em que foi condenada à dor incessante.

A primeira dor ocorreu lá longe, na infância, quando seus pais a disfarçaram de anjo e ela quis voar com asas de palha; mas a dor de nunca acabar chegou num acidente de rua, quando um ferro de bonde cravou-se de um lado a outro em seu corpo, como uma lança, e triturou seus ossos. Desde então ela é uma dor que sobrevive. Foi operada, em vão, muitas vezes; e na cama de hospital começou a pintar seus autorretratos, que são desesperadas homenagens à vida que lhe sobra.

Isadora

1916. Buenos Aires

Descalça, despida, envolvida apenas pela bandeira argentina, Isadora Duncan dança o hino nacional.

Comete esta ousadia uma noite, num café de estudantes de Buenos Aires, e na manhã seguinte todo mundo sabe: o empresário rompe o contrato, as boas famílias devolvem suas entradas ao Teatro Colón e a imprensa exige a expulsão imediata desta pecadora norte-americana que veio à Argentina para macular os símbolos pátrios.

Isadora não entende nada. Nenhum francês protestou quando ela dançou a Marselhesa com um xale vermelho como traje completo. Se é possível dançar uma emoção, se é possível dançar uma ideia, por que não se pode dançar um hino?

A liberdade ofende. Mulher de olhos brilhantes, Isadora é inimiga declarada da escola, do matrimônio, da dança clássica e de tudo aquilo que engaiole o vento. Ela dança porque dançando goza, e dança o que quer, quando quer e como quer, e as orquestras se calam frente à música que nasce de seu corpo.

Sarah

— Atuo sempre – dizia. – No teatro e fora do teatro, atuo. Eu sou meu duplo.

Não se sabia se Sarah Bernhardt era a melhor atriz da história ou a maior mentirosa do mundo, ou as duas coisas ao mesmo tempo.

No começo dos anos 20, após mais de meio século de monarquia absoluta, ela continuava reinando nos teatros de Paris e programando turnês que não acabavam nunca. Já beirava os oitenta anos, estava tão magra que nem sombra fazia e os cirurgiões tinham cortado uma de suas pernas: Paris inteira sabia disso. Mas Paris inteira achava que aquela moça irresistível, que arrancava suspiros ao passar, estava representando estupendamente uma pobre anciã mutilada.

Carmen Miranda

1946. Hollywood

Toda brilhosa de lantejoulas e colares, coroada por uma torre de bananas, Carmen Miranda ondula sobre um fundo de paisagem tropical de cartolina.

Nascida em Portugal, filha de um fígaro pobretão que atravessou o mar, Carmen é hoje em dia o principal produto de exportação do Brasil. O café vem depois.

Esta baixinha safada tem pouca voz, e a pouca voz que tem desafina, mas ela canta com as cadeiras e as mãos e com o piscar dos olhos, e com isso tem de sobra. É a mais bem paga de Hollywood; possui dez casas e oito poços de petróleo.

Mas a empresa Fox se nega a renovar seu contrato. O senador Joseph McCarthy denunciou-a como obscena, porque durante uma filmagem, em plena dança, um fotógrafo delatou intoleráveis nudezas debaixo de sua saia voadora. E a imprensa revelou que já em sua mais tenra infância Carmen tinha recitado para o rei Alberto da Bélgica, acompanhando os versos com descarados gestos e olhares que provocaram escândalo nas freiras e uma prolongada insônia no monarca.

As idades de Josephine

Aos nove anos, trabalha limpando casas em Saint Louis, às margens do Mississippi.

Aos dez, começa a dançar, a troco de moedas, pelas ruas.

Aos treze, se casa.

Aos quinze, outra vez. Do primeiro marido não fica sequer uma lembrança ruim. Do segundo, fica o sobrenome, porque gosta do seu som.

Aos dezessete, Josephine Baker dança charleston na Broadway.

Aos dezoito, atravessa o Atlântico e conquista Paris. A *Vênus negra* aparece nua no palco, sem outra roupa além de um cinturão de bananas.

Aos vinte e um, sua estranha mistura de palhaça e mulher fatal a transforma na *vedette* mais admirada e mais bem-paga de toda a Europa.

Aos vinte e quatro, é a mulher mais fotografada do planeta. Pablo Picasso, ajoelhado, a pinta. Para se parecer com ela, as pálidas damas de Paris se esfregam com creme de noz, que escurece a pele.

Aos trinta, tem problemas em alguns hotéis, porque viaja acompanhada por um chimpanzé, uma serpente, uma cabra, dois papagaios, vários peixes, três gatos, sete cães, uma leoparda chamada Chiquita, que ostenta um colar de diamantes, e um porquinho, Albert, que ela banha com o perfume *Je reviens*, de Worth.

Aos quarenta, recebe a Legião de Honra pelos serviços prestados à resistência francesa durante a ocupação nazista.

Aos quarenta e um, quando já anda pelo quarto marido, adota doze crianças de diversas cores e diversos lugares, que ela chama de *minha tribo do arco-íris.*

Aos quarenta e cinco, regressa aos Estados Unidos. Exige que seus espetáculos sejam assistidos por negros e brancos, todos misturados. Ou é assim, ou não se apresenta.

Aos cinquenta e sete, divide o palco com Martin Luther King e fala contra a discriminação racial diante da imensa Marcha sobre Washington.

Aos sessenta e oito, se recupera de uma estrepitosa bancarrota e celebra, no teatro Bobino de Paris, seu meio século de atuação neste mundo.

E vai-se embora.

Mulher perigosa

Em 1893 nasceu Mae West, carne de pecado, vampira voraz.

Em 1927 foi parar na cadeia, com todo seu elenco, por ter encenado um convite ao prazer, sutilmente chamado de Sex, num teatro da Broadway.

Quando acabou de purgar seu *delito de obscenidade pública*, decidiu mudar da Broadway para Hollywood, do teatro para o cinema, achando que chegava ao reino da liberdade.

Mas o governo dos Estados Unidos impôs à Hollywood um certificado de correção moral, que durante trinta e oito anos foi imprescindível para autorizar a estreia de qualquer filme.

O código Hays proibiu que o cinema mostrasse nus, danças sugestivas, beijos lascivos, adultérios, homossexualidades e outras perversões que atentassem contra a santidade do matrimônio e do lar. Nem os filmes de Tarzã conseguiram se salvar, e Betty Boop foi obrigada a usar vestido comprido. E Mae West continuou se metendo em confusões.

A acrobata

Luz Marina Acosta era menininha quando descobriu o circo Firuliche.

O circo Firuliche emergiu certa noite, mágico barco de luzes, das profundidades do Lago da Nicarágua. Eram clarins guerreiros as cornetas de papelão dos palhaços e bandeiras altas os farrapos que ondulavam anunciando a maior festa do mundo. A lona estava toda cheia de remendos, e também os leões, aposentados leões; mas a lona era um castelo, e os leões, os reis da selva. E uma senhora rechonchuda, brilhante de lantejoulas, era a rainha dos céus, balançando nos trapézios a um metro do chão.

Então, Luz Marina decidiu tornar-se acrobata. E saltou de verdade, lá do alto, e em sua primeira acrobacia, aos seis anos de idade, quebrou as costelas.

E assim foi, depois, a vida. Na guerra, longa guerra contra a ditadura de Somoza, e nos amores: sempre voando, sempre quebrando as costelas.

Porque quem entra no circo Firuliche não sai jamais.

A noite

Não consigo dormir. Tenho uma mulher atravessada entre minhas pálpebras. Se pudesse, diria a ela que fosse embora; mas tenho uma mulher atravessada em minha garganta.

História do lagarto que tinha o costume de jantar suas mulheres

Na margem do rio, oculta pelos juncos, uma mulher está lendo. Era uma vez, conta o livro, um senhor de vasto senhorio. Tudo pertencia a ele: a aldeia de Lucanamarca e o de mais pra cá e o de mais para lá, os animais marcados e os não marcados, as pessoas mansas e as zangadas, tudo: o cercado e o baldio, o seco e o molhado, o que tinha memória e o que tinha esquecimento.

Mas aquele dono de tudo não tinha herdeiro. Sua mulher rezava todos os dias mil orações, suplicando a graça de um filho, e todas as noites acendia mil velas.

Deus estava cansado dos rogos daquela chata, que pedia o que Ele não tinha querido dar. E finalmente, para não ter de continuar escutando, ou por divina misericórdia, fez o milagre. E chegou a alegria do lar.

O menino tinha cara de gente e corpo de lagarto.

Com o tempo o menino falou, mas caminhava se arrastando sobre a barriga. Os melhores professores de Ayacucho ensinaram o menino a ler, mas seus dedos feito garras não conseguiam escrever.

Aos dezoito anos, pediu mulher.

Seu opulento pai conseguiu uma para ele; e com grande pompa foi celebrado o casamento, na casa do padre.

Na primeira noite, o lagarto lançou-se sobre sua esposa e devorou-a. Quando o sol despontou, no leito nupcial havia apenas um viúvo dormindo, rodeado de ossinhos.

E depois o lagarto exigiu outra mulher. E houve novo casamento, e nova devoração. E o glutão precisou de mais uma. E mais.

Noivas, era o que não faltava. Nas casas pobres, sempre havia alguma filha sobrando.

Com a barriga acariciada pela água do rio, Dulcídio dorme a sesta. Quando abre um olho, vê a mulher. Ela está lendo. Ele nunca havia visto, na vida, uma mulher de óculos. Dulcídio aproxima o nariz:

– O que você está lendo?

Ela afasta o livro e olha para ele, sem susto, e diz:

– Lendas.

– Lendas?

– Velhas vozes.

– E para que servem?

Ela sacode os ombros:

– Fazem companhia.

Essa mulher não parece da serra, nem da selva, nem do litoral.

– Eu também sei ler – diz Dulcídio.

Ela fecha o livro e vira a cara.

Quando Dulcídio pergunta quem é e de onde veio, a mulher desaparece.

No domingo seguinte, quando Dulcídio desperta da sesta, ela está lá. Sem livro, mas de óculos.

Sentada na areia fininha, os pés guardados debaixo de sete saias de balão, está estando, estando desde sempre; e assim olha para aquele intruso que lagarteia ao sol.

Dulcídio põe as coisas em seu devido lugar. Ergue uma pata unhada e passeia essa pata sobre o horizonte de montanhas azuis:

– Até onde chegam os olhos, até onde chegam os pés. Sou eu o dono. De tudo.

Ela nem olha para o vasto reino, e permanece calada. Silêncio, muito.

O herdeiro insiste. As ovelhinhas e os índios estão ao seu mandar. Ele é amo de todas estas léguas de terra e de água e de ar, e também do pedaço de areia onde ela está sentada.

– Você pode: eu deixo – concede.

Ela começa a fazer sua longa trança de cabelo negro dançar, como quem ouve chover, e o réptil esclarece que é rico mas humilde, estudioso e trabalhador, e sobretudo um cavalheiro com intenções de formar um lar, mas o destino cruel quer que ele termine sempre viúvo.

Inclinando a cabeça ela medita sobre esse mistério.

Dulcídio vacila. Sussurra:

– Posso pedir um favor?

E chega perto, oferecendo o lombo.

– Coça as minhas costas – suplica – porque eu não alcanço.

Ela estende a mão, acaricia a couraça ferruginosa e elogia:

– Macio feito de seda.

Dulcídio estremece e fecha os olhos e abre a boca e ergue a cauda e sente o que nunca havia sentido.

Mas quando vira a cabeça, ela não está mais ali.

Arrastando-se à toda através dos juncos, procura por tudo que é canto. Nada.

No domingo seguinte, ela não vai à margem do rio. E nem no outro, nem no outro.

Desde que a viu, a vê. E não vê mais nada.

O dormilão não dorme, o comilão não come. A alcova de Dulcídio já não é o feliz santuário onde repousava amparado por suas finadas esposas. As fotos delas continuam ali, cobrindo as paredes de alto a baixo, com suas molduras em forma de coração e suas grinaldas de jasmins; mas Dulcídio, condenado à solidão, jaz afundado nas cobertas e na melancolia. Médicos e curandeiros acodem vindos de longe; e nenhum consegue nada diante do voo da febre e da queda de todo o resto.

Grudado no rádio de pilhas que comprou de um turco que passou por ali, Dulcídio pena suas noites e seus dias suspirando e escutando canções fora de moda. Os pais, desesperados, olham só para vê-lo murchar. Ele já não exige mais mulher como antes:

– Estou com fome.

Agora, suplica:

– Sou um mendigo do amor,

e com voz quebrada e alarmante tendência à rima, sussurra homenagens de agonia à dama que roubou-lhe a calma e a alma.

Todos os serviçais se lançam na captura. Os perseguidores removem céus e terras; mas não sabem nem mesmo o nome da evaporada, e ninguém jamais viu mulher de óculos naqueles vales, nem fora deles.

Na tarde de um domingo, Dulcídio tem um palpite. Levanta-se a duras penas e, do jeito que consegue, se arrasta até a margem do rio.

E lá está ela.

Banhado em lágrimas, Dulcídio declara seu amor à menina desdenhosa e esquiva, confessa que de sede estou morrendo pelo teu mel, sozinho no caminho desse mundo cruel, te esperando, te lembrando, água da minha mágoa:

– Te ofereço meu anel.

E chega o casamento. Todo mundo agradecido, porque fazia tempo que a aldeia não tinha festa, e ali Dulcídio é o único que se casa. O padre faz preço de ocasião, por se tratar de cliente tão especial.

Gira a viola ao redor dos noivos e tocam glória a harpa e os violinos. Brinda-se pelo amor eterno dos felizes pombinhos, e rios de ponche correm debaixo dos ramos de flores.

Dulcídio estreia pele nova, avermelhada no lombo e verde-azulada na cauda prodigiosa.

E quando os dois ficam enfim a sós, e chega a hora da verdade, ele oferece:

– Te dou meu coração. Pisa-o sem compaixão.

Com um sopro ela apaga a vela, deixa cair seu vestido de noiva, rendas borbulhantes, tira lentamente os óculos e diz:

– Larga a mão de ser babaca. Deixa de besteira.

Num puxão o desembainha e joga a pele dele no chão. E abraça seu corpo nu, e faz arder.

Depois, Dulcídio dorme profundamente, encolhido contra aquela mulher, e sonha pela primeira vez na vida.

Ela o come adormecido. Vai engolindo-o aos poucos, da cauda até a cabeça, sem ruído nem mastigar forte, cuidadosa para não despertá-lo, para que ele não leve dela nenhuma impressão ruim.

Diabruras

Vênus apareceu, certa manhã, na cidade de Siena. Foi encontrada deitada, nua, ao sol.

A cidade rendeu honras a essa deusa de mármore, enterrada em tempos do império romano, que havia tido a gentileza de surgir do fundo da terra.

Foi oferecida a ela, como residência, a cabeceira da principal fonte.

Ninguém se cansava de vê-la, todos queriam tocá-la.

Mas pouco depois chegaram a guerra e seus espantos, e Siena foi atacada e saqueada. E na sua sessão do dia 7 de novembro de 1357, o Conselho Municipal decidiu que a culpa era de Vênus. Por castigo pelo pecado de idolatria, Deus tinha mandado aquela desgraça. E o Conselho mandou destroçar Vênus, que convidava à luxúria, e determinou que seus pedacinhos fossem enterrados na odiada cidade de Florença.

Em Florença, cento e trinta anos depois, outra Vênus nasceu, da mão de Sandro Botticelli. O artista pintou-a enquanto ela brotava da espuma, sem outra roupa que a pele.

E uma década mais tarde, quando o monge Savonarola ergueu sua grande fogueira de purificação, dizem que Botticelli, arrependido dos pecados de seus pincéis, alimentou as chamas com algumas diabruras pintadas em seus anos juvenis.

Com Vênus, não conseguiu.

Janela sobre uma mulher (1)

Essa mulher é uma casa secreta.

Em seus cantos, guarda vozes e esconde fantasmas.

Nas noites de inverno, jorra fumaça.

Quem entra nela, dizem, não sai nunca mais.

Eu atravesso o fosso profundo que a rodeia. Nessa casa serei habitado. Nela me espera o vinho que me beberá. Muito suavemente bato na porta, e espero.

O amar dos amares

Cantou o rei Salomão à mais mulher de suas mulheres. Cantou ao seu corpo e à porta de seu corpo e ao verdor do leito compartilhado.

O "Cantar dos cantares" não se parece nem um pouquinho aos outros livros da Bíblia de Jerusalém. Por que está lá?

Segundo os rabinos, é uma alegoria do amor de Deus por Israel. Segundo os padres, uma jubilosa homenagem à boda de Cristo com a Igreja. Mas nenhum verso menciona Deus, e muito menos Cristo nem a Igreja, que nasceram muito depois que o "Cantar" fosse cantado.

Na verdade, parece que esse encontro entre um rei judeu e uma mulher negra foi uma celebração da paixão humana e da diversidade das nossas cores.

Melhores que o vinho são os beijos de tua boca, cantava essa mulher.

E de acordo com a versão que chegou aos nossos dias, ela cantava também:

Sou negra, mas sou bela.

E se desculpava atribuindo sua cor ao seu trabalho, a sol a pino, nos vinhedos.

Acontece que, segundo outras versões, o *mas* foi acrescentado. Ela cantava:

Sou negra e bela.

As bruxas

No ano de 1770, uma lei inglesa condenou as mulheres enganadoras.

Essas pérfidas seduziam os súditos de Sua Majestade e os empurravam ao casamento utilizando artes más como *perfumes, pinturas, banhos cosméticos, dentaduras postiças, perucas, enchimentos de lã, corseletes, armações, aros e brincos e sapatos de salto alto.*

As autoras dessas fraudes, dizia a lei, *serão julgadas segundo as leis vigentes contra a bruxaria, e seus matrimônios serão declarados nulos e dissolvidos.*

O atraso tecnológico impediu que fossem incluídos nessa lei o silicone, a lipoaspiração, o botox, a cirurgia plástica e outros prodígios cirúrgicos e químicos.

A incombustível

A signora Girardelli, fazedora de prodígios, deixou o público europeu vesgo, lá pelo ano de 1820.

Ela acariciava seus braços com velas acesas, dançava descalça sobre a fogueira e a revolvia com suas mãos, sentava-se sobre ferros que fumegavam em brasa, banhava-se nas chamas, fazia gargarejos de azeite fervente, engolia fogo, mascava brasas e as cuspia transformadas em libras esterlinas... E após tão ardentes exibições, mostrava seu corpo invicto, sua pele cor de neve, e recebia ovações.

– É tudo truque – diziam os críticos de tudo e de sempre.

Ela não dizia nada.

Janela sobre uma mulher (3)

Ninguém conseguirá matar aquele tempo, ninguém vai conseguir jamais: nem nós. Digo: enquanto você existir, onde quer que esteja, ou enquanto eu existir.

Diz o almanaque que aquele tempo, aquele pequeno tempo, já não existe; mas nesta noite meu corpo nu está transpirando você.

Mulher que diz tchau

Levo comigo um maço vazio e amassado de *Republicana* e uma revista velha que ficou por aqui. Levo comigo as duas últimas passagens de trem. Levo comigo um guardanapo de papel com minha cara que você desenhou, da minha boca sai um balãozinho com palavras, as palavras dizem coisas engraçadas. Também levo comigo uma folha de acácia recolhida na rua, uma outra noite, quando caminhávamos separados pela multidão. E outra folha, petrificada, branca, com um furinho como uma janela, e a janela estava fechada pela água e eu soprei e vi você e esse foi o dia em que a sorte começou.

Levo comigo o gosto do vinho na boca. (Por todas as coisas boas, dizíamos, todas as coisas cada vez melhores que nos vão acontecer.)

Não levo nem uma única gota de veneno. Levo os beijos de quando você partia (eu nunca estava dormindo, nunca). E um assombro por tudo isso que nenhuma carta, nenhuma explicação, podem dizer a ninguém o que foi.

Confissão do artista

Eu sei que ela é uma cor e um som. Se pudesse mostrá-la a você!

Dormia ali, nua, abraçando as próprias pernas. Eu amava nela a alegria de animal jovem e ao mesmo tempo amava o pressentimento da decomposição, porque ela havia nascido para desfazer-se e eu sentia pena que fôssemos parecidos nisso. Mostrava a pele do ventre, que parecia raspada por um pente de metal. Essa mulher! Algumas noites saía luz de seus olhos e ela não sabia.

Passo as horas procurando-a, sentado na frente do cavalete, mordendo os punhos, com os olhos cravados numa mancha de tinta vermelha que parece o entusiasmo dos músculos e a tortura dos anos. Olho até sentir que meus olhos doem e finalmente creio que começo a sentir, no escuro, as pulsações da pintura crescendo e transbordando, viva, sobre a tela branca, e creio que escuto o ruído dos pés descalços. sobre a madeira do chão, sua canção triste. Mas não. Minha própria voz avisa: "A cor é outra. O som é outro".

Levanto, e cravo a espátula nessa víscera vermelha e rasgo a tela de cima para baixo. Depois de matá-la, deito de boca para cima, arfando como um cão.

Mas não posso dormir. Lentamente vou sentindo que volta a nascer em mim a necessidade de pari-la. Ponho o casaco e vou beber vinho nos botecos do porto.

As flores

O escritor brasileiro Nelson Rodrigues estava condenado à solidão. Tinha cara de sapo e língua de serpente, e a seu prestígio de feio e sua fama de venenoso somava-se a notoriedade de seu contagioso azar: as pessoas ao seu redor morriam de tiro, miséria ou infelicidade fatal.

Certo dia, Nelson conheceu Eleonora. Naquele dia, dia do descobrimento, quando pela primeira vez viu aquela mulher, uma violenta alegria atropelou-o e deixou-o abobado. Então, quis dizer alguma de suas frases brilhantes, mas as pernas bambearam e a língua se enrolou e não conseguiu outra coisa a não ser gaguejar ruidinhos.

Bombardeou-a de flores. Mandava flores para o apartamento dela, no alto de um edifício do Rio de Janeiro. A cada dia mandava um grande ramo de flores, flores sempre diferentes, sem repetir jamais as cores ou aromas, e ficava esperando lá embaixo: lá de baixo via a varanda de Eleonora, e da varanda ela atirava as flores na rua, todos os dias, e os automóveis as esmagavam.

E foi assim durante cinquenta dias. Até que um dia, um meio-dia, as flores que Nelson enviou não caíram na rua e não foram pisadas pelos automóveis.

Naquele meio-dia, ele subiu até o último andar, apertou a campainha e a porta se abriu.

A noite (2)

Arranque-me, senhora, as roupas e as dúvidas. Dispa-me, dispa-me.

Me espia

Em 1876, nasceu Mata Hari.

Suntuosos leitos foram seus campos de batalha na primeira guerra mundial. Altos chefes militares e políticos de muito poder sucumbiram aos encantos de suas armas, e confiaram segredos que ela vendia para a França, para a Alemanha ou para quem desse mais.

Em 1917, foi condenada à morte.

A espiã mais desejada do mundo mandou beijos de adeus ao pelotão de fuzilamento.

Oito dos doze soldados erraram o tiro.

A noite (3)

Eu adormeço às margens de uma mulher: eu adormeço às margens de um abismo.

Como também ocorre [...] Eu roubo e me roubam

Como também ocorre com os índios e os negros, a mulher é inferior, mas ameaça. "É preferível a maldade do homem à bondade da mulher", advertia o Eclesiastes (42,14). E Ulisses sabia muito bem que precisava prevenir-se do canto das sereias, que cativam e desgraçam os homens. Não há tradição cultural que não justifique o monopólio masculino das armas e da palavra, nem há tradição popular que não perpetue o desprestígio da mulher ou que não a aponte como um perigo. Ensinam os provérbios, transmitidos por herança, que a mulher e a mentira nasceram no mesmo dia e que palavra de mulher não vale um alfinete, e na mitologia rural latino-americana são quase sempre fantasmas de mulheres, as temíveis *almas penadas*, que por vingança assustam os viajantes nos caminhos. No sono e na vigília, manifesta-se o pânico masculino diante da possível invasão dos territórios proibidos do prazer e do poder. E assim sempre foi pelos séculos dos séculos.

Por algo foram as mulheres vítimas da caça às bruxas e não só nos tempos da Inquisição. Endemoniadas: espasmos e uivos, talvez orgasmos e, para agravar o escândalo, orgasmos múltiplos. Só a possessão de Satã podia explicar tanto fogo proibido, que com o fogo era castigado. Mandava Deus que fossem queimadas vivas as pecadoras que ardiam. A inveja e o pânico diante do prazer feminino não tinham nada de novo. Um dos mitos mais antigos e universais, comum a muitas culturas de muitas épocas e de diversos lugares, é o mito da vulva dentada, o sexo da fêmea como uma boca cheia de dentes, insaciável boca de piranha que se alimenta da carne dos machos. E neste mundo de hoje, neste fim de século, há 120 milhões de mulheres mutiladas do clitóris.

Não há mulher que não seja suspeita de má conduta. Segundo os boleros, são todas ingratas; segundo os tangos, são todas putas (menos mamãe). Nos países do sul do mundo, uma de cada três mulheres casadas recebe pancadas como parte da rotina conjugal, o castigo pelo que fez e pelo que poderia fazer:

– Estamos dormindo – diz uma operária do bairro Casavalle, de Montevidéu. – Um príncipe te beija e te faz dormir. Quando despertas, o príncipe te baixa o pau.

E outra:

– Eu tenho o mesmo medo que minha mãe tinha, e minha mãe tinha o mesmo medo que minha avó tinha.

Confirmação do direito de propriedade: o macho proprietário garante a pancadas seu direito de propriedade sobre a fêmea, assim como macho e fêmea garantem a pancadas seu direito de propriedade sobre os filhos.

E os estupros, acaso não são ritos que, pela violência, celebram esse direito? O estuprador não procura, não encontra prazer: precisa submeter. O estupro grava a fogo uma marca de propriedade na anca da vítima e é a expressão mais brutal do caráter fálico do poder, desde sempre manifestado através da flecha, da espada, do fuzil, do canhão, do míssil e de outras ereções. Nos Estados Unidos, uma mulher é estuprada a cada seis minutos. No México, a cada nove minutos. Diz uma mulher mexicana:

– Não há diferença entre ser estuprada e ser atropelada por um caminhão, exceto que os homens, depois, perguntam se você gostou.

As estatísticas só registram os estupros denunciados, que na América Latina são em muito menor número do que os ocorridos. Em sua maioria, as mulheres estupradas calam por medo. Muitas meninas, estupradas em suas casas, vão parar na rua: fazem a vida, corpos baratos, e algumas, como os meninos de rua, têm sua casa no asfalto. Diz Lélia, catorze anos, criada ao deus-dará nas ruas do Rio de Janeiro:

– Todos roubam. Eu roubo e me roubam.

Hebreias

De acordo com o Antigo Testamento, as filhas de Eva continuavam sofrendo o castigo divino.

Podiam morrer apedrejadas as adúlteras, as feiticeiras e as mulheres que não chegavam virgens ao matrimônio;

marchavam para as fogueiras as que se prostituíam sendo filhas de sacerdotes

e a lei divina mandava cortar a mão da mulher que agarrasse um homem pelas bolas, mesmo que fosse em defesa pessoal ou em defesa de seu marido.

Durante quarenta dias ficava impura a mulher que parisse filho varão. Oitenta dias durava a sujeira, se fosse filha.

Impura era a mulher com menstruação, por sete dias e sete noites, e transmitia sua impureza a qualquer um que a tocasse ou tocasse a cadeira onde se sentava ou o leito onde dormia.

Hipátia

– Vai com qualquer um – diziam, querendo sujar sua liberdade.

– Nem parece mulher – diziam, querendo elogiar sua inteligência.

Mas numerosos professores, magistrados, filósofos e políticos acudiam de longe até a Escola da Alexandria, para escutar sua palavra.

Hipátia estudava os enigmas que tinham desafiado Euclides e Arquimedes, e falava contra a fé cega, indigna do amor divino e do amor humano. Ela ensinava a duvidar e a perguntar. E aconselhava:

– Defende o teu direito de pensar. Pensar errado é melhor que não pensar.

O que fazia essa mulher herege ditando cátedra numa cidade de machos cristãos?

Era chamada de bruxa e feiticeira, e a ameaçavam de morte.

E num meio-dia de março do ano de 415, a multidão se atirou em cima dela. E foi arrancada de sua carruagem e despida e arrastada pelas ruas e golpeada e apunhalada. E na praça pública a fogueira levou tudo o que restava dela.

– Haverá uma investigação rigorosa – prometeu o prefeito de Alexandria.

Libertadoras maias

Nesta noite de 26 de março de 1936, foi morta a pedradas Felipa Poot, indígena maia, no povoado de Kinchil.

No meio das pedradas, caíram com ela três companheiras, também maias, que ao seu lado lutavam contra a tristeza e o medo.

Foram mortas pela *casta divina*, como se chamavam a si mesmos os donos da terra e da gente de Iucatã.

Olympia

São femininos os símbolos da revolução francesa, mulheres de mármore ou de bronze, poderosas tetas nuas, gorros frígios, bandeiras ao vento.

Mas a revolução proclamou a Declaração dos Direitos do Homem e do Cidadão, e quando a militante revolucionária Olympia de Gouges propôs a Declaração dos Direitos da Mulher e da Cidadã, foi presa, o Tribunal Revolucionário a condenou e a guilhotina cortou sua cabeça.

Ao pé do cadafalso, Olympia perguntou:

– Se nós, mulheres, estamos capacitadas para subir até a guilhotina, por que não podemos subir até as tribunas públicas?

Não podiam. Não podiam falar, não podiam votar. A Convenção, o Parlamento revolucionário, tinha fechado todas as associações políticas femininas e havia proibido que as mulheres discutissem com os homens em pé de igualdade.

As companheiras de luta de Olympia de Gouges foram trancadas no manicômio. E pouco depois de sua execução, foi a vez de Manon Roland. Manon era a esposa do ministro do Interior, mas nem isso a salvou. Foi condenada por *sua antinatural tendência à atividade política.* Ela havia traído sua natureza feminina, feita para cuidar do lar e parir filhos valentes, e tinha cometido a insolência mortal de meter o bedelho nos masculinos assuntos de Estado.

E a guilhotina tornou a cair.

A guilhotina

Não só os homens perdem a cabeça por causa dela. Também houve mulheres que a guilhotina matou e esqueceu, porque não eram tão importantes como a rainha Maria Antonieta.

Três casos exemplares:

Olympia de Gouges foi decapitada pela revolução francesa, em 1793, para que não continuasse acreditando que também as mulheres são cidadãs;

em 1943, Marie-Louise Giraud foi para o patíbulo, em Paris, por ter praticado abortos, *atos criminosos contra a família francesa*;

enquanto ao mesmo tempo, em Munique, a guilhotina cortava a cabeça de uma estudante, Sophie Scholl, por distribuir panfletos contra a guerra e contra Hitler:

– Que pena – disse Sophie. – Um dia tão lindo, com esse sol, e eu tendo de ir embora.

A neta

Soledad, a neta de Rafael Barrett, costumava recordar uma frase do avô:

– Se o Bem não existe, é preciso inventá-lo.

Rafael, paraguaio por escolha própria, revolucionário por vocação, passou mais tempo na cadeia que em casa, e morreu no exílio.

A neta foi crivada a balas no Brasil, no dia de hoje, 7 de janeiro de 1973.

O cabo Anselmo, marinheiro insurgente, chefe revolucionário, foi quem a entregou.

Cansado de ser perdedor, arrependido de tudo no que acreditava e gostava, ele delatou um por um seus companheiros de luta contra a ditadura militar brasileira, e os despachou para o suplício ou o matadouro.

Soledad, que era sua mulher, ele deixou para o fim.

O cabo Anselmo apontou o lugar onde ela se escondia, e foi-se embora.

Já estava no aeroporto quando soaram os primeiros tiros.

Delmira

1914. Montevidéu

A este quarto ela foi chamada pelo homem que tinha sido seu marido; e querendo tê-la, querendo ficar com ela, ele amou-a e matou-a e se matou.

Os jornais uruguaios publicam a foto do corpo que jaz tombado junto à cama, Delmira abatida por dois tiros de revólver, nua como seus poemas, as meias caídas, toda despida de vermelho:

– Vamos mais longe na noite, vamos..

Delmira Agustini escrevia em transe. Tinha cantado as febres do amor sem disfarces pacatos, e tinha sido condenada pelos que castigam nas mulheres o que nos homens aplaudem, porque a castidade é dever feminino e o desejo, como a razão, um privilégio masculino. No Uruguai, as leis caminham na frente das pessoas, que ainda separam a alma do corpo como se fossem a Bela e a Fera. De maneira que perante o cadáver de Delmira se derramam lágrimas e frases a propósito de tão sensível perda para as letras nacionais, mas no fundo os chorosos suspiram com alívio – a morta morta está, e é melhor assim.

Mas, morta está? Não serão sombra de sua voz e eco de seu corpo todos os amantes que ardem nas noites do mundo? Não lhe abrirão um lugarzinho nas noites do mundo para que cante sua boca desatada e dancem seus pés resplandecentes?

As idades de Rosa Maria

Quando tinha seis anos, em 1725, um navio negreiro trouxe-a da África, e no Rio de Janeiro ela foi vendida.

Quando tinha catorze anos, o amo abriu suas pernas e ensinou-lhe o ofício.

Quando tinha quinze, foi comprada por uma família de Ouro Preto, que a partir dali alugou seu corpo aos mineiros do ouro.

Quando tinha trinta, essa família vendeu-a para um sacerdote, que com ela praticava seus métodos de exorcismo e outros exercícios noturnos.

Quando tinha trinta e dois, um dos demônios que habitava seu corpo fumou pelo seu cachimbo e uivou pela sua boca e revirou-a no chão. E por isso ela foi condenada a cem açoitadas na praça da cidade de Mariana, e o castigo deixou-a com um braço paralisado para sempre.

Quando tinha trinta e cinco, jejuou e rezou e mortificou sua carne com cilício, e a mãe da Virgem Maria ensinou-a a ler. Segundo contam, Rosa Maria Egipcíaca da Vera Cruz foi a primeira negra alfabetizada no Brasil.

Quanto tinha trinta e sete, fundou um asilo para escravas abandonadas e putas em desuso, que ela financiava vendendo biscoitos cuja massa era amassada com sua saliva, infalível remédio contra qualquer doença.

Quando tinha quarenta, numerosos fiéis assistiam aos seus transes, quando ela bailava ao ritmo de um coro de anjos, envolta em fumaça de tabaco, e o Menino Jesus mamava em seus peitos.

Quando tinha quarenta e dois, foi acusada de bruxaria e trancada no cárcere do Rio de Janeiro.

Quando tinha quarenta e três, os teólogos confirmaram que era bruxa porque conseguiu suportar sem uma queixa, e durante um longo tempo, uma vela acesa debaixo da língua.

Quando tinha quarenta e quatro, foi mandada para Lisboa, para o cárcere da Santa Inquisição. Entrou nas câmaras de tormento, para ser interrogada, e nunca mais se soube dela.

Mariana

Em 1814, o rei Fernando matou a Pepa.

Pepa era o nome que o povo dava à Constituição de Cádiz, que dois anos antes tinha abolido a Inquisição e havia consagrado a liberdade de imprensa, o direito de voto e outras insolências.

O rei decidiu que a Pepa não tinha existido. Declarou-a *nula e de valor algum nem efeito, como se tais atos jamais tivessem ocorrido, que deviam ser arrancados do meio do tempo.*

E depois, para arrancar do meio do tempo os inimigos do despotismo monárquico, foram erguidos patíbulos por toda a Espanha.

Certa manhã de 1831, bem cedinho, diante de uma das portas da cidade de Granada, o verdugo deu voltas no torniquete até que o colar de ferro quebrou o pescoço de Mariana Pineda.

Mariana não era inocente. Por bordar uma bandeira, por não delatar os conspiradores da liberdade e por negar o favor de seus amores ao juiz que a condenou.

Mariana teve vida breve. Gostava das ideias proibidas, dos homens proibidos, das mantilhas negras, de chocolate e das canções suaves.

Marianela

1983. La Bermuda

Toda manhã, todo amanhecer, faziam fila. Eram parentes, amigos ou amores dos desaparecidos de El Salvador. Procuravam notícias ou vinham trazê-las; não tinham outro lugar onde perguntar ou dar depoimento. A porta da Comissão de Direitos Humanos estava sempre aberta; e também se podia entrar pelo buraco da última bomba na parede.

Desde que a guerrilha cresceu nos campos salvadorenhos, o exército já não usava cadeias. A comissão denunciava ao mundo: *Julho: aparecem decapitados quinze meninos menores de catorze anos que tinham sido detidos sob a acusação de terrorismo. Agosto: treze mil e quinhentos civis assassinados ou desaparecidos desde o começo do ano...*

Dos trabalhadores da comissão, Magdalena Enríquez, a que mais ria, foi a primeira a cair. Os soldados a atiraram, descarnada, na beira do mar. Depois foi a vez de Ramón Valladares, crivado no barro do caminho. Sobrava Marianela García Vilas:

– Erva ruim não morre nunca – dizia ela.

Liquidam-na perto da aldeia de La Bermuda, nas terras queimadas de Cuscatlán. Ela andava com sua máquina fotográfica e seu gravador, reunindo provas para denunciar que o exército joga fósforo branco contra os camponeses rebeldes.

Procedimento contra a desobediência

Mulher de missa diária e contínua oração e penitência, a mãe de Maria la O esfolava os joelhos suplicando a Deus que por milagre fizesse sua filha obediente e boa, e rogava perdão pelas insolências da descarada.

Numa noite de Sexta-Feira Santa, Maria la O foi até o rio. A mãe tentou, em vão, detê-la:

– Pensa que estão matando Nosso Senhor Jesus Cristo...

A ira de Deus deixa grudados para sempre os que fazem amor na Sexta-Feira Santa. Maria la O não ia ao encontro de nenhum amante, mas cometeu pecado: nadou nua no rio e a água lhe fazia cócegas no corpo, nos rincões proibidos do corpo, e ela se estremecia de prazer.

Depois quis sair do rio e não pôde. Quis separar as pernas e não pôde. Estava toda coberta de escamas e tinha uma barbatana no lugar dos pés.

E nas águas dos rios dominicanos continua Maria la O, que nunca foi perdoada.

Ressurreição de Camille

A família declarou-a louca e meteu-a num manicômio. Camille Claudel passou ali, prisioneira, os últimos trinta anos de sua vida.

Foi para o seu bem, disseram.

No manicômio, cárcere gelado, se negou a desenhar e a esculpir.

A mãe e a irmã jamais a visitaram.

Uma ou outra vez seu irmão Paul, o virtuoso, apareceu por lá.

Quando Camille, a pecadora, morreu, ninguém reclamou seu corpo.

Anos levou o mundo até descobrir que Camille não tinha sido apenas a humilhada amante de Auguste Rodin.

Quase meio século depois de sua morte, suas obras renasceram e viajaram e assombraram: bronze que baila, mármore que chora, pedra que ama. Em Tóquio, os cegos pediram licença para apalpar as esculturas. Puderam tocá-las. Disseram que as esculturas respiravam.

Emily

Aconteceu em Amherst, em 1886.

Quando Emily Dickinson morreu, a família descobriu mil e oitocentos poemas guardados em seu quarto.

Tinha vivido na ponta dos pés, e na ponta dos pés escreveu. Não publicou mais do que onze poemas em toda a sua vida, quase todos anônimos ou assinados com outro nome.

De seus antepassados puritanos herdou o enfado, marca de distinção de sua raça e de sua classe: proibido se tocar, proibido se dizer.

Os cavalheiros faziam política e negócios e as damas perpetuavam a espécie e viviam doentes.

Emily habitou a solidão e o silêncio. Trancada em seu quarto, inventava poemas que violavam as leis, as leis da gramática e as leis de seu próprio confinamento, e ali escrevia uma carta por dia à sua cunhada, Susan, e as mandava pelo correio, embora ela morasse na casa ao lado.

Esses poemas e essas cartas fundaram seu santuário secreto, onde quiseram ser livres suas dores escondidas e seus proibidos desejos.

Eles são elas

Em 1847, três romances comovem os leitores ingleses. *O morro dos ventos uivantes*, de Ellis Bell, conta uma devastadora história de paixão e vingança. *Agnes Grey*, de Acton Bell, despe a hipocrisia da instituição familiar. *Jane Eyre*, de Currer Bell, exalta a coragem de uma mulher independente.

Ninguém sabe que os autores são autoras. Os irmãos Bell são as irmãs Brontë.

Essas frágeis virgens, Emily, Anne, Charlotte, aliviam a solidão escrevendo poemas e romances num povoado perdido nos páramos de Yorkshire. Intrusas no masculino reino da literatura, puseram máscaras de homens para que os críticos perdoem seu atrevimento, mas os críticos maltratam suas obras *rudes, cruas, grosseiras, selvagens, brutais, libertinas...*

Proibido ser mulher

Em 1804, Napoleão Bonaparte consagrou-se imperador e decretou um Código Civil, o chamado Código Napoleão, que ainda serve de modelo jurídico no mundo inteiro.

Essa obra-prima da burguesia no poder consagrou a dupla moral e elevou o direito de propriedade ao mais alto posto no altar das leis.

As mulheres casadas foram privadas de direitos, como as crianças, os criminosos e os débeis mentais. Elas deviam obediência ao marido. Ficavam obrigadas a segui-lo, aonde quer que fosse, e necessitavam de sua autorização para quase tudo, exceto para respirar.

O divórcio, que a Revolução Francesa havia reduzido a um trâmite simples, foi limitado por Napoleão às faltas graves. O marido podia se divorciar por adultério da esposa. A esposa só podia se divorciar se o entusiasta tivesse deitado sua amante no leito conjugal.

O marido adúltero pagava uma multa, na pior das hipóteses. As esposas adúlteras iam para a cadeia, em qualquer hipótese.

O código não outorgava permissão para matar a infiel se fosse surpreendida no ato. Mas quando o marido traído a executava, os juízes, sempre homens, assoviavam e olhavam de lado.

Essas disposições, esses costumes, regeram a França durante mais de século e meio.

As idades de Joana, a Louca

Aos dezesseis anos, a casam com um príncipe flamengo. Seus pais, os Reis Católicos, a casam. Ela nunca tinha visto aquele homem.

Aos dezoito, descobre o banho. Uma donzela árabe do seu séquito lhe ensina as delícias da água. Joana, entusiasmada, se banha todos os dias. A rainha Isabel, alarmada, comenta: *minha filha é anormal.*

Aos vinte e três, tenta recuperar os filhos, que por questões de Estado não vê quase nunca. *Minha filha perdeu o juízo*, comenta o pai, o rei Fernando.

Aos vinte e quatro, numa viagem a Flandres, o barco naufraga. Ela, impassível, exige que lhe sirvam a comida. *Você está louca!*, grita o marido, enquanto esperneia em pânico, metido num enorme salva-vidas.

Aos vinte e cinco, se atira sobre umas damas da corte e tesoura em mãos tosa seus cachos, por suspeita de traição conjugal.

Aos vinte e seis, enviúva. O marido, recém-proclamado rei, bebeu água gelada. Ela suspeita que foi veneno. Não derrama uma lágrima, mas a partir daquele momento se veste de negro perpétuo.

Aos vinte e sete, passa os dias sentada no trono de Castela, com o olhar perdido no vazio. Se nega a assinar as leis, as cartas e tudo o que trazem para ela.

Aos vinte e nove, seu pai a declara demente e a encarceram no castelo, às margens do rio Douro. Catalina, a menor de suas filhas, a acompanha. A menina cresce na cela ao lado e por uma janela vê as outras crianças brincarem.

Aos trinta e seis, fica sozinha. Seu filho Carlos, que em breve será imperador, leva Catalina com ele. Ela se declara em greve de fome até que a filha regresse. É amarrada, golpeada, obrigada a comer. Catalina não volta.

Aos setenta e seis, depois de quase meio século de vida prisioneira, morre essa rainha que não reinou. Fazia muito tempo que não se movia, olhando o nada.

A desonra

No final de 1979, as tropas soviéticas invadiram o Afeganistão.

De acordo com a explicação oficial, a invasão queria defender o governo laico que estava tentando modernizar o país.

Fui um dos membros do tribunal internacional que tratou do assunto em Estocolmo, no ano de 1981.

Jamais esquecerei o momento culminante daquelas sessões.

Estava dando seu depoimento um alto chefe religioso, representante dos fundamentalistas islâmicos, que naquela época eram chamados de *freedom fighters*, guerreiros da liberdade, e que agora são *terroristas.*

Aquele ancião trovejou:

– Os comunistas desonraram nossas filhas! Ensinaram elas a ler e escrever!

O direito de mamar

Debaixo do teto ondulado da estação de Chengdu, em Sichuan, centenas de jovens chinesas sorriem para a fotografia.

Todas exibem idênticos aventais novos.

Estão todas recém-penteadas, lavadas, passadas.

Estão todas recém-paridas.

Esperam o trem que as levará a Pequim.

Em Pequim, todas darão de mamar a bebês alheios.

Essas vacas leiteiras serão bem pagas e bem alimentadas.

Enquanto isso, muito longe de Pequim, nas aldeias de Sichuan, seus bebês serão amamentados com leite em pó.

Todas dizem que fazem o que fazem por eles, para poder pagar a eles uma boa educação.

A fuga (2)

Nas ruas do México, uma menina cheira tolueno, solventes, cola ou o que seja. Passada a tremedeira, conta:

– Eu alucinei com o Diabo, ele se meteu em mim e, putz, fiquei na beirinha, já ia pular, o edifício tinha oito andares, mas nisso se foi a alucinação, o Diabo saiu de mim. A alucinação que eu mais gostei foi quando me apareceu a Virgenzinha de Guadalupe. Já alucinei duas vezes com ela.

Domitila

1967. Catavi

Domitila grita contra os assassinos, do alto do muro. Ela mora em dois cômodos sem latrina nem água, com seu marido mineiro e sete filhos. O oitavo filho anda querendo sair da barriga. Cada dia Domitila cozinha, lava, varre, tece, costura, ensina o que sabe e cura o que pode, e além disso prepara cem empanadas e percorre as ruas buscando quem compre.

Por insultar o exército boliviano, levam-na presa.

Um militar cospe em sua cara.

A cultura do terror (5)

Ramona Caraballo foi dada de presente assim que aprendeu a caminhar.

Lá por 1950, sendo ainda menina, ela estava como escravazinha numa casa de Montevidéu. Fazia de tudo, a troco de nada.

Um dia, a avó chegou para visitá-la. Ramona não a conhecia, ou não se lembrava dela. A avó chegou vinda do interior, do campo, muito apressada porque tinha que regressar em seguida. Entrou, deu uma tremenda surra na neta, e foi embora.

Ramona ficou chorando e sangrando.

A avó tinha dito, enquanto erguia o rebenque:

– Você não está apanhando por causa do que fez. Está apanhando por causa do que vai fazer.

A cultura do terror (3)

Sobre uma menina exemplar:

> *Uma menina brinca com duas bonecas e briga com elas para que fiquem quietas. Ela também parece uma boneca porque é linda e boazinha e porque não incomoda ninguém.*

(Do livro *Adelante*, de J.H. Figueira, que foi livro escolar nas escolas do Uruguai até poucos anos atrás.)

Mãe civilizadora

Em 1901, no dia seguinte ao último suspiro da rainha Vitória, começaram em Londres suas solenes pompas fúnebres.

A organização não foi fácil. Merecia uma grande morte essa rainha que havia dado nome a toda uma época e tinha deixado exemplo de abnegação feminina vestindo luto, durante quarenta anos, em memória de seu falecido marido.

Vitória, símbolo do império britânico, dona e senhora do século XIX, havia imposto o ópio na China e a vida virtuosa em sua nação.

No centro de seu império, eram leitura obrigatória as obras que ensinavam a respeitar as boas maneira. O *Livro de etiqueta*, de lady Gough, publicado em 1863, desenvolvia alguns mandamentos sociais da época: era preciso evitar, por exemplo, a intolerável proximidade dos livros de autores com os livros de autoras nas prateleiras das bibliotecas.

Os livros só podiam se juntar se o autor e a autora estivessem unidos em matrimônio, como era o caso de Robert e Elizabeth Barrett Browning.

Bonecas

1908. Caracas

Cada varão venezuelano é o Cipriano Castro das mulheres que o tocam.

Uma senhorita exemplar serve ao pai e aos irmãos como servirá ao marido, e não faz nem diz nada sem pedir licença. Se tem dinheiro ou berço, acode à missa das sete e passa o dia aprendendo a dar ordens aos serviçais negros, cozinheiras, serventes, babás, amas de leite, lavadeiras, e fazendo trabalhos de agulha ou bilro. Às vezes recebe amigas, e até se atreve a recomendar algum livro ousado, sussurrando:

– Se você soubesse como me fez chorar.

Duas vezes por semana, à tardinha, passa algumas horas escutando o noivo, sem olhá-lo e sem permitir que chegue perto, ambos sentados no sofá, frente ao olhar atento da tia. Todas as noites, antes de se deitar, reza as ave-marias do rosário e aplica na pele uma infusão de pétalas de jasmim amassadas em água de chuva à luz da lua cheia.

Se o noivo a abandona, ela se transforma subitamente em tia e fica portanto condenada a vestir santos, defuntos e recém-nascidos, a vigiar noivos, a cuidar de doentes, a dar o catecismo e a suspirar pelas noites, na solidão da cama, contemplando o retrato de quem a desdenhou.

Rita

1950. Hollywood

Conquistou Hollywood mudando de nome, de peso, de idade, de voz, de lábios e de sobrancelhas. Sua cabeleira passou do negro opaco ao vermelho afogueado. Para ampliar a testa, lhe arrancaram pelo por pelo através de dolorosas descargas elétricas. Em seus olhos, puseram pestanas como pétalas.

Rita Hayworth se disfarçou de deusa, e talvez o tenha sido, ao longo dos anos quarenta. Já os cinquenta exigem deusa nova.

Marilyn

1950. Hollywood

Como Rita, esta moça foi corrigida. Tinha pálpebras gordas e papada, nariz de ponta redonda e dentes demasiados: Hollywood cortou a gordura, suprimiu cartilagens, limou seus dentes e transformou seus cabelos castanhos e bobos numa maré de ouro fulgurante. Depois os técnicos a batizaram como Marilyn Monroe e lhe inventaram uma patética história de infância para que ela contasse aos jornalistas.

A nova Vênus fabricada em Hollywood já não precisa se meter em cama alheia para conseguir contratos para papéis de segunda em filmes de terceira. Já não vive de salsichas e café, nem passa frio no inverno. Agora é uma estrela, ou seja: uma pessoinha disfarçada que gostaria de recordar, mas não consegue, certo momento em que simplesmente quis ser salva da solidão.

Vênus

Foi arrancada da África do Sul e vendida em Londres. E foi debochadamente batizada de Vênus dos Hotentotes.

Por dois xelins era possível vê-la, trancada numa jaula, nua, com suas tetas tão compridas que davam de mamar pelas costas. E pagando o dobro dava para tocar sua bunda, que era a maior do mundo.

Um cartaz explicava que aquela selvagem era metade humana e metade animal, *a encarnação de tudo aquilo que os civilizados ingleses, felizmente, não são.*

De Londres passou a Paris. Os especialistas do Museu de História Natural queriam averiguar se aquela Vênus pertencia a uma espécie localizada entre o homem e o orangotango.

Tinha vinte e poucos anos quando morreu. Georges Cuvier, célebre naturalista, fez a dissecção. Informou que ela tinha crânio de macaco, cérebro escasso e cu de mandril.

Cuvier desprendeu os lábios da vagina, penduricalho enorme, e meteu-os num frasco.

Dois séculos depois, o frasco ainda estava sendo exibido, em Paris, no Museu do Homem, junto dos genitais de outra africana e de uma índia peruana.

Bem pertinho estavam, em outra série de frascos, os cérebros de alguns cientistas europeus.

Uma arma perigosa

Em mais de trinta países, a tradição manda cortar o clitóris.

O talho confirma o direito de propriedade do marido sobre sua mulher, ou suas mulheres.

Os mutiladores chamam de *purificação* esse crime contra o prazer feminino, e *explicam que o clitóris*

é um dardo envenenado,
é uma cauda de escorpião,
é um ninho de termitas,
mata o homem ou o deixa doente,
excita as mulheres,
envenena seu leite,
e as torna insaciáveis
e as deixa loucas de pedra.

Para justificar a mutilação, citam o profeta Maomé, que jamais tocou no assunto, e o Corão, que tampouco o menciona.

Greve de pernas fechadas

Em plena guerra do Peloponeso, as mulheres de Atenas, Esparta, Corinto e Beócia se declararam em greve contra a guerra.

Foi a primeira greve de pernas fechadas da história universal. Aconteceu no teatro. Nasceu da imaginação de Aristófanes e do inflamado discurso que ele pôs na boca de Lisístrata, a matrona ateniense:

– Não levantarei os pés para o céu, nem de quatro me porei com o rabo para o ar!

A greve continuou, sem trégua, até que o jejum de amores dobrou os guerreiros. Cansados de lutar sem consolo, e espantados diante da insurgência feminina, não tiveram outro remédio a não ser dizer adeus aos campos de batalha.

Mais ou menos foi assim que contou, ou inventou, Aristófanes, um escritor conservador que defendia as tradições como se acreditasse nelas, mas que no fundo acreditava que a única coisa sagrada era o direito de rir.

E houve paz no palco.

Na realidade, não.

Os gregos estavam há vinte anos lutando quando essa obra estreou, e a carnificina continuou por mais sete.

As mulheres continuaram sem ter direito a greve, sem direito de opinião, sem outro direito que o direito de obediência às tarefas próprias do seu sexo. O teatro não aparecia entre essas tarefas. As mulheres podiam assistir às obras, nos piores lugares, que eram as arquibancadas mais altas, mas não podiam representar. Não havia atrizes. Na obra de Aristófanes, Lisístrata e as outras protagonistas foram representadas por homens que usavam máscaras de mulheres.

Romanas

Cícero havia explicado que as mulheres deviam ficar submetidas a guardiões masculinos *devido à debilidade de seu intelecto.*

As romanas passavam das mãos de um varão às mãos de outro varão. O pai que casava a filha podia cedê-la ao marido como propriedade ou entregá-la como empréstimo. Fosse como fosse, o que importava era o dote, o patrimônio, a herança: do prazer, cuidavam as escravas.

Os médicos romanos acreditavam, como Aristóteles, que as mulheres todas, patrícias, plebeias ou escravas, tinham menos dentes e menos cérebros que os homens e que nos dias de menstruação embaçavam os espelhos com um véu avermelhado.

Plínio, o Velho, a maior autoridade científica do império, demonstrou que a mulher menstruada azedava o vinho novo, esterilizava as colheitas, secava as sementes e as frutas, matava os enxertos das plantas e os enxames de abelhas, enferrujava o bronze e enlouquecia os cães.

As idades de Ana

Em seus primeiros anos, Ana Fellini acreditava que seus pais tinham morrido num acidente. Seus avós contaram. Disseram a ela que seus pais vinham buscá-la quando o avião caiu.

Aos onze anos, alguém disse a ela que seus pais tinham morrido lutando contra a ditadura militar argentina. Não perguntou nada, não disse nada. Ela, menina faladora, desde aquele momento falou pouco ou nada.

Aos dezessete, era difícil beijar. Tinha uma chaguinha debaixo da língua.

Aos dezoito, era difícil comer. A chaga era cada vez mais funda.

Aos dezenove, foi operada.

Aos vinte, morreu.

O médico disse que foi morta por um câncer na boca.

Os avós disseram que foi morta pela verdade.

A bruxa do bairro disse que morreu porque não gritou.

Uma mulher conta

Vários generais argentinos foram levados a julgamento por causa das façanhas que cometeram nos tempos da ditadura militar.

Silvina Parodi, uma estudante acusada de atividades subversivas por viver protestando e criando caso, foi uma das muitas prisioneiras desaparecidas para sempre.

Cecília, sua melhor amiga, prestou depoimento, diante do tribunal, no ano de 2008. Contou os suplícios que havia sofrido no quartel, e disse que tinha sido ela quem entregou o nome de Silvina, quando não conseguiu mais aguentar as torturas de cada dia e de cada noite:

– Fui eu. Eu levei os verdugos até a casa onde Silvina estava. Eu vi quando ela saiu, aos empurrões, às coronhadas, aos pontapés. Eu escutei ela gritar.

Na saída do tribunal, alguém se aproximou e perguntou a Cecília, em voz baixa:

– E depois disso tudo, como é que você faz para continuar vivendo?

E ela respondeu, em voz mais baixa ainda:

– E quem é que disse que eu estou viva?

Agachada sobre suas ruínas, uma mulher procura

1976. La Plata

Agachada sobre suas ruínas, uma mulher procura alguma coisa que não tenha sido destruída. As forças da ordem arrasaram a casa de Maria Isabel de Mariani e ela cavuca os restos em vão. O que não roubaram pulverizaram. Somente um disco, o *Réquiem* de Verdi, está intacto.

Maria Isabel quisera encontrar no redemoinho alguma lembrança de seus filhos e de sua neta, alguma foto ou brinquedo, livro ou cinzeiro ou o que fosse. Seus filhos, suspeitos de terem uma imprensa clandestina, foram assassinados a tiros de canhão. Sua neta de três meses, butim de guerra, foi dada ou vendida pelos oficiais.

É verão, e o cheiro da pólvora se mistura com o aroma das tílias que florescem. (O aroma das tílias será para sempre e sempre insuportável.) Maria Isabel não tem quem a acompanhe. Ela é mãe de subversivos. Os amigos atravessam a rua ou desviam o olhar. O telefone está mudo. Ninguém lhe diz nada, nem ao menos mentiras. Sem ajuda de ninguém, vai enfiando em caixas os cacos de sua casa aniquilada. Tarde da noite, põe as caixas na calçada.

De manhã, bem cedinho, os lixeiros apanham as caixas, uma por uma, suavemente, sem batê-las. Os lixeiros tratam as caixas com muito cuidado, como se soubessem que estão cheias de pedacinhos de vida quebrada. Oculta atrás da persiana, em silêncio, Maria Isabel agradece a eles esta carícia, que é a única que recebeu desde que começou a dor.

A prostituição é...

No mundo todo, a prostituição é o destino precoce de muitas meninas e, em menor grau, também dos meninos. Por incrível que pareça, calcula-se que há pelo menos cem mil prostitutas infantis nos Estados Unidos, segundo o informe da UNICEF de 1997. Mas é nos bordéis e nas ruas do sul do mundo que trabalha a esmagadora maioria das vítimas infantis do comércio sexual. Esta multimilionária indústria, vasta rede de traficantes, intermediários, agentes turísticos e proxenetas, age com escandalosa impunidade. Na América Latina, não há nada de novo: a prostituição infantil existe desde que, em 1536, inaugurou-se a primeira casa de tolerância em Porto Rico. Atualmente, meio milhão de meninas brasileiras trabalham vendendo o corpo, em benefício de adultos que as exploram: tantas como na Tailândia, não tantas como na Índia. Em algumas praias do Mar do Caribe, a próspera indústria do turismo sexual oferece meninas virgens a quem possa pagar. A cada ano aumenta o número de meninas lançadas no mercado de consumo: segundo as estimativas dos organismos internacionais, pelo menos um milhão de meninas se acrescentam, anualmente, à oferta mundial de corpos.

Quando Lélia trabalha...

Quando Lélia trabalha, vendendo seu corpo, pagam-lhe quase nada ou pagam batendo nela. E, quando rouba, os policiais roubam dela o que ela rouba e ainda roubam seu corpo.

Diz Angélica, dezesseis anos, perdida nas ruas da cidade do México:

– Eu disse à minha mãe que meu irmão tinha abusado de mim e ela me expulsou de casa. Agora vivo com um guri e estou grávida. Ele disse que, se for menino, vai me apoiar. Se for menina, não diz nada.

A fome (1)

Na saída de San Salvador, e indo na direção de Guazapa, Berta Navarro encontrou uma camponesa desalojada pela guerra, uma das milhares e milhares de camponesas desalojadas pela guerra. Em nada se distinguia das muitas outras, ou dos muitos outros, mulheres e homens que desceram da fome para a fome e meia. Mas esta camponesa mirrada e feia estava em pé no meio da desolação, sem nada de carne entre os ossos e a pele, e na mão tinha um passarinho mirrado e feio. O passarinho estava morto e ela arrancava muito lentamente suas penas.

Dia do serviço doméstico

Maruja não tinha idade.

De seus anos de antes, nada contava. De seus anos de depois, nada esperava.

Não era bonita, nem feia, nem mais ou menos.

Caminhava arrastando os pés, empunhando o espanador, ou a vassoura, ou a caçarola.

Acordada, afundava a cabeça entre os ombros.

Dormindo, afundava a cabeça entre os joelhos.

Quando falavam com ela, olhava para o chão, como quem conta formigas.

Havia trabalhado em casas alheias desde que tinha memória.

Nunca havia saído da cidade de Lima.

Fez muita faxina, de casa em casa, e não se sentia em nenhuma delas. Finalmente, encontrou um lugar onde foi tratada como se fosse uma pessoa.

Poucos dias depois, foi-se embora.

O carinho estava virando costume.

Pontos de vista (6)

Se Eva tivesse escrito o Gênesis, como seria a primeira noite de amor do gênero humano?

Eva teria começado por esclarecer que não nasceu de nenhuma costela, não conheceu qualquer serpente, não ofereceu maçã a ninguém e tampouco Deus chegou a lhe dizer "parirás com dor e teu marido te dominará". E que, enfim, todas essas histórias são mentiras descaradas que Adão contou aos jornalistas.

São coisas de mulheres...

Isso é coisa de mulher, diz-se também. O racismo e o machismo bebem nas mesmas fontes e cospem palavras parecidas. Segundo Eugenio Raúl Zaffaroni, o texto fundador do direito penal é *O martelo das feiticeiras*, um manual da Inquisição escrito contra a metade da humanidade e publicado em 1546. Os inquisidores dedicaram todo o manual, da primeira à última página, à justificação do castigo da mulher e à demonstração de sua inferioridade biológica. E já haviam sido as mulheres longamente maltratadas na Bíblia e na mitologia grega, desde os tempos em que a tolice de Eva fez com que Deus nos expulsasse do Paraíso e a imprudência de Pandora abriu a caixa que encheu o mundo de desgraças. "A cabeça da mulher é o homem", explicava São Paulo aos coríntios, e dezenove séculos depois Gustave Le Bon, um dos fundadores da psicologia social, pôde concluir que uma mulher inteligente é algo tão raro quanto um gorila de duas cabeças. Charles Darwin reconhecia algumas virtudes femininas, como a intuição, mas eram "virtudes características das raças inferiores".

O Diabo é mulher

O livro *Malleus Maleficarum*, também chamado de *O martelo das feiticeiras*, recomendava o mais impiedoso exorcismo contra o demônio que tinha tetas e cabelos compridos.

Dois inquisidores alemães, Heinrich Kramer e Jakob Sprenger, escreveram, por encomenda do papa Inocêncio VIII, esse fundamento jurídico e teológico dos tribunais da Santa Inquisição.

Os autores demonstravam que as bruxas, harém de Satã, representavam as mulheres em estado natural, porque *toda bruxaria provém da luxúria carnal, que nas mulheres é insaciável.* E advertiam que esses seres de aspecto belo, contato fétido e mortal companhia encantavam os homens e os atraíam, silvos de serpente, caudas de escorpião, para aniquilá-los.

Esse tratado de criminologia aconselhava a submeter a tormento todas as suspeitas de bruxaria. Se confessavam, mereciam o fogo. Se não confessavam, também, porque só uma bruxa, fortalecida pelo amante, o Diabo, nas festas de feiticeiras, conseguia resistir a semelhante suplício sem abrir a boca.

O papa Honório III havia sentenciado:

– As mulheres não devem falar. Seus lábios carregam o estigma de Eva, que foi a perdição dos homens.

Oito séculos mais tarde, a Igreja Católica continua negando-lhes o púlpito.

O mesmo pânico faz com que os fundamentalistas muçulmanos lhes mutilem o sexo e tapem seus rostos.

E o alívio pelo perigo conjurado move os judeus muito ortodoxos a começar o dia sussurrando:

– Obrigado, Senhor, por não ter me feito mulher.

Homenagens

Hoje é o Dia da Mulher.

Ao longo da história, vários pensadores, humanos e divinos, todos machos, cuidaram da mulher, por várias razões:

• Pela sua anatomia

Aristóteles: *A mulher é um homem incompleto.*

São Tomás de Aquino: *A mulher é um erro da natureza, nasce de um esperma em mau estado.*

Martinho Lutero: *Os homens têm ombros largos e cadeiras estreitas. São dotados de inteligência. As mulheres têm ombros estreitos e cadeiras largas, para ter filhos e ficar em casa.*

• Pela sua natureza

Francisco de Quevedo: *As galinhas botam ovos e as mulheres, chifres.*

São João Damasceno: *A mulher é uma jumenta teimosa.*

Arthur Schopenhauer: *A mulher é um animal de cabelos longos e pensamentos curtos.*

• Pelo seu destino

Disse Yahvé à mulher, segundo a Bíblia: *Teu marido te dominará.*

Disse Alá a Maomé, segundo o Corão: *As boas mulheres são obedientes.*

Dia contra a violência doméstica

Na selva do Alto Paraná, as borboletas mais lindas se salvam se exibindo. Abrem suas asas negras, alegradas por pinceladas vermelhas ou amarelas, e de flor em flor borboleteiam sem a menor preocupação. Depois de milhares e milhares de anos de experiência, seus inimigos aprenderam que essas borboletas têm veneno. As aranhas, as vespas, as lagartixas, as moscas e os morcegos olham de longe, mantendo prudente distância.

No dia 25 de novembro de 1960, três militantes contra a ditadura do generalíssimo Trujillo foram espancadas e atiradas num abismo na República Dominicana. Eram as irmãs Mirabal. Eram as mais lindas, eram chamadas de *borboletas.*

Em sua memória, em memória de sua beleza indevorável, hoje é o Dia mundial contra a violência doméstica. Ou seja: contra a violência dos trujilinhos que exercem a ditadura dentro de cada casa.

As voltas da vida

O Partido Conservador governava a Nicarágua quando neste dia 27 de abril de 1837 foi reconhecido às mulheres o direito de abortar, se sua vida corresse perigo.

Cento e setenta anos depois, nesse mesmo país, os legisladores que diziam ser revolucionários sandinistas proibiram o aborto *em qualquer circunstância*, e assim condenaram as mulheres pobres à prisão ou ao cemitério.

Invisíveis

Há dois mil e quinhentos anos, no alvorecer de um dia como hoje, Sócrates passeava com Glauco, irmão de Platão, nos arredores do Pireu.

Glauco então contou a história de um pastor do reino da Lídia, que certa vez encontrou um anel, colocou-o no dedo e num instante percebeu que ninguém o via. Aquele anel mágico o tornava invisível aos olhos dos outros.

Sócrates e Glauco filosofaram longamente sobre as derivações éticas dessa história. Mas nenhum dos dois se perguntou por que as mulheres e os escravos eram invisíveis na Grécia, embora não usassem anéis mágicos.

O demônio da Tasmânia

É famoso no mundo esse monstro diabólico, de bocarra aberta e dentes destroçadores de ossos.

Mas o verdadeiro demônio da Tasmânia não veio do Inferno: foi o império britânico que exterminou a população desta ilha, vizinha da Austrália, com o nobre propósito de civilizá-la.

A última vítima da guerra inglesa de conquista se chamava Truganini. Essa rainha despojada de seu reino morreu no dia de hoje, 8 de maio de 1876, e com ela morreram a língua e a memória de seu povo.

Outras crianças roubadas

— O marxismo é a máxima forma da patologia mental – havia sentenciado o coronel Antonio Vallejo Nájera, psiquiatra supremo na Espanha do generalíssimo Francisco Franco.

Ele havia estudado, nas prisões, as mães republicanas, e havia comprovado que elas tinham *instintos criminosos*.

Para defender a pureza da raça ibérica, ameaçada pela degeneração marxista e pela criminalidade materna, milhares de bebês recém-nascidos ou de idade muito curta, filhos de pais republicanos, foram sequestrados e arrojados aos braços das famílias devotas da cruz e da espada.

Quem foram esses bebês? Quem são, tantos anos depois?

Não se sabe.

A ditadura franquista inventou documentos falsos, que apagaram suas pistas, e aplicou a lei do esquecimento: roubou os bebês e roubou a memória.

A Operação Condor

Macarena Gelman é uma das muitas vítimas da Operação Condor, que foi o nome dado ao mercado comum do terror articulado pelas ditaduras militares sul-americanas.

A mãe de Macarena estava grávida dela quando os militares argentinos a mandaram para o Uruguai. A ditadura uruguaia se encarregou do parto, matou a mãe e deu a filha recém-nascida de presente a um chefe de polícia.

Durante a infância inteira, Macarena dormiu atormentada por um pesadelo inexplicável, que se repetia noite após noite: era perseguida por homens armados até os dentes, e acordava chorando.

O pesadelo deixou de ser inexplicável quando Macarena descobriu a verdadeira história da sua vida. E então ficou sabendo que ela havia sonhado, lá na infância, os pânicos de sua mãe: sua mãe, que a estava modelando no ventre enquanto fugia da caçada militar que acabou a alcançando e a mandou para a morte.

Memória do futuro

Pelo que aprendemos na escola, a descoberta do Chile aconteceu em 1536.

A notícia não impressionou os Mapuches nem um pouco, já que eles tinham descoberto o Chile treze mil anos antes.

Em 1563, eles cercaram o principal forte dos conquistadores espanhóis.

O forte estava a ponto de sucumbir, arrasado pela fúria de milhares de índios, quando o capitão Lorenzo Bernal ergueu-se sobre a paliçada e gritou:

– Ao ataque, o tempo passará, passarão os anos e nós vamos ganhar! E se faltarem mulheres espanholas, aí estão as vossas. E com elas teremos filhos, que serão vossos amos.

O intérprete traduziu. Colo-Colo, o chefe índio, escutou como quem ouve chover.

Ele não conseguiu entender a triste profecia.

Fora de lugar

Uma típica cena de domingo é o quadro que dá fama a Édouard Manet: dois homens e duas mulheres num piquenique sobre a relva, nas vizinhanças de Paris.

Nada estranho, a não ser um detalhe. Eles estão vestidos, impecáveis cavalheiros, e elas estão completamente nuas. Eles conversam entre si, algum assunto sério, coisa de homens, e elas têm menos importância que as árvores da paisagem.

A mulher que aparece em primeiro plano está olhando para nós. Talvez nos pergunte, de seu distanciamento, *onde estou, o que faço aqui.*

Elas sobram. E não apenas no quadro.

As invisíveis

Mandava a tradição que os umbigos das recém-nascidas fossem enterrados debaixo da cinza do fogão, para que cedo aprendessem qual é o lugar da mulher, e que dali não se sai.

Quando explodiu a revolução mexicana, muitas saíram, mas carregando os fogões nas costas. Por bem ou por mal, por sequestro ou por vontade própria, seguiram os homens de batalha em batalha. Carregavam o bebê preso na teta e nas costas as panelas e caçarolas. E as munições: elas se encarregavam de que não faltassem *tortillas* nas bocas nem balas nos fuzis. E quando o homem caía, empunhavam a arma.

Nos trens, os homens e os cavalos ocupavam os vagões. Elas viajavam nos tetos, rogando a Deus que não chovesse.

Sem elas, soldadeiras, *cucarachas, adelitas,* vivandeiras, *galletas,* joanas, *pelonas, guachas,* aquela revolução não teria existido.

Nenhuma recebeu pensão.

Eco

Em outros tempos, a ninfa Eco tinha sabido dizer. E dizia com tanta graça, que suas palavras pareciam não usadas, jamais ditas antes por boca alguma.

Mas a deusa Hera, a esposa legal de Zeus, amaldiçoou-a num de seus frequentes ataques de ciúmes. E Eco sofreu o pior dos castigos: foi despojada de voz própria.

Desde então, é incapaz de dizer, só consegue repetir.

O costume transformou essa maldição em virtude.

Safo

Pouco se sabe de Safo.

Dizem que nasceu há dois mil e seiscentos anos, na ilha de Lesbos, que graças a ela deu nome às lésbicas.

Dizem que estava casada, que tinha um filho e que se atirou de um despenhadeiro quando foi abandonada por um marinheiro, e também dizem que era baixinha e feia.

Vai saber... Nós, machos, não achamos muita graça nessa história de que uma mulher prefira outra mulher, em vez de sucumbir aos nossos irresistíveis encantos.

No ano de 1703, a Igreja Católica, bastião do poder masculino, mandou queimar todos os livros de Safo.

Alguns poemas, poucos, se salvaram.

Marias

Nos evangelhos, Maria aparece pouco.

A Igreja tampouco prestou-lhe maior atenção, até coisa de uns mil anos atrás. Então a mãe de Jesus foi consagrada mãe da humanidade e símbolo da pureza da fé. No século XI, enquanto a Igreja inventava o Purgatório e a confissão obrigatória, brotaram na França oitenta igrejas e catedrais em homenagem a Maria.

O prestígio vinha da virgindade. Maria, alimentada pelos anjos, engravidada por uma pomba, jamais tinha sido tocada por mão de homem. O marido, são José, a cumprimentava de longe. E mais sagrada ainda passou a ser a partir de 1854, quando o papa Pio IX, o infalível, revelou que Maria tinha sido sem pecado concebida, o que traduzido significava que também era virgem a mãe da Virgem.

Maria é, hoje em dia, a divindade mais adorada e milagrosa do mundo. Eva tinha condenado as mulheres. Maria as redime. Graças a ela, as pecadoras, filhas de Eva, têm a oportunidade de se arrepender.

E foi isso o que aconteceu com a outra Maria, a que aparece nos santinhos, aos pés da cruz, ao lado da imaculada.

De acordo com a tradição, essa outra Maria, Maria Madalena, era puta e virou santa.

Os crentes a humilham perdoando-a.

Juana

Como Teresa de Ávila, Juana Inés de la Cruz se fez monja para evitar a jaula do matrimônio.

Mas também no convento seu talento ofendia. Tinha cérebro de homem aquela cabeça de mulher? Por que escrevia com letra de homem? Por que queria pensar, se cozinhava tão bem? E ela, zombando, respondia:

– O que podemos saber as mulheres, a não ser filosofias de cozinha?

Como Teresa, Juana escrevia, embora o sacerdote Gaspar de Astete já tivesse advertido que à donzela cristã não lhe é necessário saber escrever, e pode ser-lhe danoso.

Como Teresa, Juana não apenas escrevia como, para aumentar o escândalo, escrevia indubitavelmente bem.

Em séculos diferentes, e em diferentes margens do mesmo mar, Juana, a mexicana, Teresa, a espanhola, defendiam por falado e por escrito a desprezada metade do mundo.

Como Teresa, Juana foi ameaçada pela Inquisição. E a Igreja, a sua Igreja, a perseguiu, por cantar o humano tanto ou mais que o divino, e por obedecer pouco e perguntar demais.

Com sangue, e não com tinta, Juana assinou o seu arrependimento. E jurou silêncio para sempre. E muda, morreu.

Não gosto que mintam para mim

Sor Juana Inés de la Cruz, nascida no dia de hoje de 1651, foi a mais-mais.

Ninguém voou tão alto em sua terra e em seu tempo.

Ela entrou muito jovem no convento. Achou que o convento era menos cárcere que sua casa. Estava mal informada. Quando percebeu, já era tarde; e anos depois, morreu, condenada ao silêncio, a mulher que melhor dizia.

Seus carcereiros costumavam ser pródigos em louvações, que ela jamais acreditou.

Em certa ocasião, um artista da corte do vice-rei do México pintou um retrato dela que era assim como uma profecia do *photoshop*. Ela respondeu:

> Este, em que na lisonja pretendeu
> Eximir dos anos os horrores,
> E vencendo dos tempos os rigores
> Triunfar da velhice e do olvido,
> É uma néscia diligência errada,
> É um afã caduco, e vendo bem,
> É cadáver, é pó, é sombra, é nada.

Sally

Quando Jefferson ficou viúvo, tornaram-se dele os bens de sua mulher. Entre outras propriedades, herdou Sally.

Há registro de sua beleza na juventude.

Depois, nada.

Sally nunca falou, e se falou não foi escutada, ou ninguém se deu o trabalho de registrar o que ela disse.

Já do presidente Jefferson temos vários retratos e muitas palavras. Sabemos que tinha profundas suspeitas de que *os negros são inferiores aos brancos nos dons naturais do corpo e da mente*, e que sempre expressou sua *grande aversão* à mistura do sangue branco e do sangue negro, que achava moralmente repugnante. Ele acreditava que, se algum dia os escravos fossem libertados, haveria que evitar o perigo da contaminação *transportando-os para longe de qualquer risco de mistura.*

Em 1802, o jornalista James Callender publicou no *Recorder* de Richmond um artigo que repetia o que todo mundo sabia: o presidente Jefferson era o pai dos filhos de sua escrava Sally.

Noites de harém

A escritora Fátima Mernissi viu, nos museus de Paris, as odaliscas turcas pintadas por Henri Matisse.

Eram carne de harém: voluptuosas, indolentes, obedientes.

Fátima olhou as datas dos quadros, comparou, comprovou: enquanto Matisse as pintava assim, nos anos 20 e 30, as mulheres turcas se tornavam cidadãs, entravam na Universidade e no Parlamento, conquistavam o divórcio e arrancavam os véus.

O harém, prisão de mulheres, havia sido proibido na Turquia, mas não na imaginação europeia. Os virtuosos cavalheiros, monógamos na vigília e polígamos no sonho, tinham entrada livre naquele exótico paraíso, onde as fêmeas, bobas, mudas, ficavam felizes ao dar prazer ao macho carcereiro. Qualquer burocrata medíocre fechava os olhos e se transformava, no ato, em um poderoso califa, acariciado por uma multidão de virgens nuas que, dançando a dança do ventre, suplicavam a graça de uma noite ao lado de seu dono e senhor.

Fátima tinha nascido e crescido num harém.

A intrusa

Em 1951, uma foto publicada na revista *Life* causou um alvoroço nos círculos ilustrados de Nova York.

Pela primeira vez apareciam, reunidos, os mais seletos pintores da vanguarda artística da cidade: Mark Rothko, Jackson Pollock, Willem de Kooning e outros onze mestres do expressionismo abstrato.

Todos homens, mas na fila de trás uma mulher aparecia na foto, desconhecida, de sobretudo negro, chapeuzinho e uma bolsa no braço.

Os fotografados não esconderam seu desgosto diante daquele presença ridícula.

Alguém tentou, em vão, desculpar a infiltrada, e a elogiou dizendo:

– É que ela pinta feito homem.

O nome dela era Hedda Sterne.

Adeus

As melhores pinturas de Ferrer Bassa, o Giotto catalão, estão nas paredes do convento de Pedralbes, lugar das pedras alvas, nas alturas de Barcelona.

Ali viviam, afastadas do mundo, as monjas de clausura.

Era uma viagem sem volta: às suas costas se fechava o portão, e se fechava para nunca mais abrir. Suas famílias haviam pago altos dotes, para que elas merecessem a glória de serem para sempre esposas de Cristo.

Dentro do convento, na capela de São Miguel, ao pé de um dos afrescos de Ferrer Bassa, há uma frase que sobreviveu, meio às escondidas, ao passar dos séculos.

Não se sabe quem a escreveu.

Se sabe quando. Está datada, 1426, em números romanos.

Quase não se nota a frase. Em letras góticas, em idioma catalão, pedia e ainda pede:

> Diga a Juan
> que não me esqueça.
> (No m'oblidi / diga.li a Joan.)

Créditos dos textos

Os textos desta antologia foram extraídos dos seguintes livros:

Vagamundo (1973)

Mulher que diz tchau, Confissão do artista.

Memória do fogo (1982)

As mulheres dos deuses, As Mães da Praça de Maio, As intrusas perturbam uma tranquila digestão do corpo de Deus, Charlotte, Maria de la Cruz, Evita, Alfonsina, Tamara voa duas vezes, Olga e ele, Alicia Moreau, Maria Padilha, Bessie, Cinco mulheres, O povo argentino despido dela, Pássaros proibidos, Frida, Isadora, Carmen Miranda, Delmira, Marianela, Procedimento contra a desobediência, Domitila, Bonecas, Rita, Marilyn, Agachada sobre suas ruínas, uma mulher procura.

O livro dos abraços (1989)

Profecias (1), A televisão, Celebração da amizade, A avó, Celebração da realidade, Crônica da cidade de Bogotá, A acrobata, As flores, A noite (2), A noite (3), A cultura do terror (3), A cultura do terror (5), A fome (1), A paixão de dizer (1), Chorar, A noite.

As palavras andantes (1993)

Janela sobre a palavra (4), Janela sobre a herança, História do lagarto que tinha o costume de jantar suas mulheres, Janela sobre uma mulher (1), Janela sobre uma mulher (3).

De pernas pro ar: a escola do mundo ao avesso (1998)

A deusa, Como também ocorre [...] Eu roubo e me roubam, A fuga (2), A prostituição é..., Quando Lélia trabalha, Pontos de vista (6), São coisas de mulheres!.

Espelhos, uma história quase universal (2008)

Sherazade, Fundação do romance moderno, Tituba, A arte de desenhar-te, Florence, Louise, Urraca, Teresa, Sukaina, Concepción, Hatshepsut, Amazonas, Aixa, A santa guerreira, Harriet, Doria, Comuneiras, Matilde, Mexicanas, Ísis, Cleópatra, Teodora, Ressurreição de Maria, Aspásia, Trótula, Proibido cantar, Alexandra, Victoria, Proibido sentir, Marie, As idades de Ada, Desalmadas, Sarah, As idades de Josephine, Vênus, O amar dos amares, Hebreias, Hipátia, Olympia, As idades de Rosa Maria, Mariana, Ressurreição de Camille, Emily, Eles são elas, Proibido ser mulher, As idades de Joana, a Louca, Uma arma perigosa, Greve de pernas fechadas, Romanas, As idades de Ana, O Diabo é mulher, Fora de lugar, As invisíveis, Eco, Safo, Marias, Juana, Sally, Noites de harém, Adeus, Diabruras.

Os filhos dos dias (2012)

Vozes da noite, A duas vozes, Ela não esquece, O mundo encolhe, A dama que atravessou três séculos, Dia dos povos indígenas, O perigo de publicar, A festa que não houve, Mármore que respira, Sacrílegas, Susan também não pagou, Campeãs, Navegações, A primeira almirante, Libertadoras brasileiras, Libertadoras mexicanas, O direito à valentia, O divórcio como medida higiênica, Alarme: bicicletas!, Foi, O sapato, As mulheres são pessoas, Manuelas, A florista, O carnaval abre alas, A arte de viver, A mãe das jornalistas, Nasceu uma incomodadora, Outra exilada, A noite kuna, Não digo adeus, Mulher perigosa, As bruxas, A incombustível, Me espia, Libertadoras maias, A guilhotina, A neta, A desonra, O direito de mamar, Mãe civilizadora, Uma mulher conta, Dia do serviço doméstico, Homenagens, Dia contra a violência doméstica, As voltas da vida, Invisíveis, O demônio da Tasmânia, Outras crianças roubadas, A Operação Condor, Memória do futuro, Não gosto que mintam para mim, A intrusa.

Índice

lepmeditores
www.lpm.com.br
o site que conta tudo

IMPRESSÃO:

PALLOTTI
GRÁFICA

Santa Maria - RS | Fone: (55) 3220.4500
www.graficapallotti.com.br